FLORET
READING

小花阅读

我们只写有爱的故事

青春阅读 幸得相见

【那是秘密啊】系列02

用我的晴朗
换你的笑意

猫可可 著

大鱼

有爱的青春陪伴者

百花洲文艺出版社
BAIHUAZHOU LITERATURE AND ART PRESS

猫可可 ｜ 小花阅读签约作者

文艺又安静的双鱼，爱纠结，喜家宅。

并不高冷，只是不懂如何亲近；偶尔撒娇，那时候的自己有点陌生。

最享受和最煎熬的事都是写故事，渴望自己信手拈来，却总是焦灼在每一句话每一个词中。

愿随时光一起成长，把更好的故事送给你。

已上市：《渺然但迟遇》

　　中岛美嘉的《我曾经也想过一了百了》有多少人听过？最后一句：因你这般的人生于此世，我稍稍喜欢这个世界了。

　　敲下这些字的时候，我正好听到这句话。

　　整首灰暗调子的歌，因为最后这一句，变得温暖起来，迎来了冬雪初融。

　　以上这些话跟主题没什么太大的关系，我只是想表示，我是真的很喜欢这首歌，它陪我走过深谷，所幸现在目之所及，都有阳光。

　　写完稿子的前一天，我跟薇薇说，想念我的吉他，想学巨星的《借》，然而我的吉他在家里，距我有一千多公里。

　　然而今天，我几乎已经忘了那句话……我是说，如果我没有刚好听见这首歌的话。

从小到大，喜欢的东西变了又变，是三分钟热度的那种人，什么都想尝试，又没有足够的耐心去等待果实成熟，通常都是在感觉到挫败之前，选择转头就走。当然，除了写作这件事，受到的鼓励不少，挫败也不少，偏又坚持到了最后。

想想，对它也是真爱。

而一开始动笔，仅仅是因为有些话、有些事，欲语，无人说。

小伙伴们都觉得，写东西是一件挺了不起的事情，但其实它只是我的树洞，我把一腔心事留在这儿，等待某年某月的某一天，有人翻开。

其实说起来，就像酒后说胡话，醒后想起便觉得羞耻，再重新倒回去看一遍文，也是一样，会嫌弃。

但嫌弃归嫌弃，还是很想说啊。

——看到喜欢的人就去追吧，谁也不知道下一秒是不是就错过了。

她和他，势均力敌，两种清冷，一种温柔，认准了就不松手；她和他，一眼钟情，一往而深，淡忘于人间，铭刻在心上；她和他，冤家路窄，相辅相成，热烈又稚嫩。

每一个人，我都喜欢。

他们勇敢又张扬、炙热而沉稳，他们始终相信爱。

又是一个经历了漫长时期的故事，依旧不轻松。

但过程还是挺愉快的，好像陪着他们谈了一场恋爱，然后突然想起，冬天，是适合恋爱适合拥抱的季节。

不过……遇对了人，好像每天都是适合的时候。

愿，你们都能遇到偏爱你们的那个人，爱得不知所以然，像个疯子爱着傻子，不用太懂事。

以上。

我要去继续补充能量了，希望下个故事，可以快一点跟你们见面。

么~！

猫可可

目 录

YONGWODEQINGLANG
HUANNIDE
XIAOYI

Chapter1 ▼

初次相遇的街道

阳光刚好，街道刚好，你刚好。

1.

下班前两分钟，下雨了。

窗外雾蒙蒙的一片，连对面的大楼都看不清晰。苏茶取下茶色的防辐射眼镜，做了套简单的眼保健操。

简宸被风吹了一阵，走过来拉上窗户："你不冷吗？瞧我这一身鸡皮疙瘩。"

"我有外套，冷就穿着。"

"不用，你的衣服颜色太沉了，不适合我。西城那边流浪猫被毒死的事情怎么样了？有进展了吗？"

"没有。"

"哦，那你加油。"简宸刚要走，又突然想起什么，转身对她笑，"负责调查的是西城派出所新来的小巡警吗？帮我转达一下，让他记得给我打电话。"她屈起两根手指在桌上敲了敲。

苏茶停下动作，瞟了一眼电脑上的时间，略一点头，开始收拾桌面的资料。

走到楼下才觉得有凉意。

苏茶戴上兜帽衫的帽子，淡定地往雨中走，背后简宸喊了几声，她顿也不顿，权当没有听见。

她喜欢雨天，尤其爱雨中散步。

雨水飘在脸上，她也不管，隔一会儿用手抹一把，潇洒又随性。长发露在外面，发尖滴着水，顺着滚到地面。

走了几步，对面传来一阵爽朗的笑声。

苏茶抬头看过去，一眼看到那个穿着灰色薄风衣的男人，高高瘦瘦，背脊挺直，一米八五的样子，面色冷漠，并不看人。

她的所有视线，都在他怀里抱着的那盆郁金香上，明明撑着把伞，却不比她好上多少，也湿了大半。

"你是没看见老韩当时的脸色，都气成猪肝色了……师兄，你这样可不行，会感冒的，你要是感冒了，我可不帮你照顾它们。"

他身边跟着个小孩，音色很亮，笑起来一口白牙。

周围人影匆匆，只有他们不一样，从容淡定。

看了一阵之后，苏茶收回视线。

对面的小孩却抢在她收回视线的前一秒抬起右手，朝她咧嘴一笑："哟。"

贝贝眉毛轻轻上扬着，眼里带着明媚的笑意。他注意到苏茶也好一会儿了，明明被淋得狼狈，脸上却没有一点狼狈的样子，反倒是很享受。

奇怪的女人。

而苏茶听到他打招呼，抿了抿唇。她在一瞬间想到了那个长不大的五岁马铃薯小孩。

自来熟的孩子，跟冷漠又神经质的男人。

苏茶没有停留。

走了一阵之后口袋里的手机响了，她将挂在脖子上的耳机戴上，手指在包里熟练地一滑，电话已经接通："喂？"

"……好，庆安街拐角的蛋糕店……放心……嗯，拜。"苏茶很快解决完电话，在转角处拐弯，走进了庆安街东，再十五分钟后，她看见了晏南说的那家甜点店。

等店里小妹包装好递给她，滴滴师傅也刚好打来电话。苏茶很喜欢这样的刚好，节约彼此的精力和时间。

"小妹，你没带伞吗？"司机师傅面相温和，是个为生活奔波，偶尔也不满生活磨难的男人。

"嗯。"苏茶头也不抬，开门上车。

其实伞就在她的包中，但是她懒得去跟陌生人解释她不打伞的行为。将头靠在车窗上，耳边是雨水冲刷玻璃的声音，隐约还有风声。

她闭上眼睛打算歇会儿，然而才一小会儿，便重新睁开眼。

车里有淡淡的烟雾，充斥着尼古丁的味道，让她不自觉地眯起了眼睛。

"师傅，关窗不该抽烟。"她声音寡淡不带情绪，却有股盛气凌人的高傲感。

司机师傅听出她的不满，脸色微变，急忙按灭了烟头："不好意思，没忍住。"

苏茶从包里摸出手机，浏览了几个网页。司机师傅见她那样，以为她在编辑什么，紧张得不自觉地提高了声音："小妹啊，你可不能给差评啊，我不抽了不抽了……"

她抬了下眼皮，语气中带有几分漫不经心："我在看新闻。"

这是实话。手机页面停在某个新闻网上，最显眼的几条新闻出自他们台里，其中当红小鲜肉睡粉丝的娱乐新闻成为当天头条。

她多少觉得有些无聊。

因为下雨，外面比平常黑得早，沉重的乌云压下来，整座城市都喘不过气。

苏茶无意瞥了一眼窗外，银杏树仍旧翠绿，爬山虎和未开满的蔷薇相互映衬，而墙下两道身影并肩而行。

苏茶撑着下巴，多看了两眼——没想到他们也住在附近。

"小姐，到了。"司机师傅安静了一路，说话时声音都有些低沉。

苏茶看了一眼包装好的蛋糕，从包里翻出了雨伞，在司机师傅惊讶又疑惑的目光里下了车："谢谢。"

"哟。"刚一下车，站在对面的小孩跟她打了个招呼，"真巧。"

苏茶颔首回应，想了想，抬脚走向对面："你们是新搬来的邻居？"目光坦荡荡地落在男人身上，他似乎比她还要高冷。

陆予森淡漠的眼神只是掠过她，并不多停留一分，他转身拿钥匙开门。

贝贝回答："不是我们，是我师兄，他……"

"你师兄跟你一样，跟植物打交道？"她观察力一向敏锐。

贝贝表情赞赏："不错，我们都是研究……"

"贝贝。"陆予森觉得有点吵，沉着嗓子叫了一声。他音色低沉性感，说话时喉结上下滚动，惹得苏茶一时走神。

她似乎很久没有遇到这样合眼缘的男人了。

铁栅门上有一小丛蔷薇垂下来，半开的粉白色花朵，藏在葱绿的叶片里面，而他薄唇轻抿，眼神冷漠地站在下面，气质更加孤冷。

有种不食人间烟火的感觉。

苏茶想起了故事里的小王子。

正想着，刚才的车已经掉了个头开过来，所经之处水花飞溅。

苏茶快速地往里走了几步，一个不注意，撞上了正拉开门的陆予森，"哐当"一声，他手上的郁金香连盆带花摔在地上，泥土被雨水冲开，花瓣也残了一瓣。

陆予森没有动，眼底有怒意。

心里"咯噔"一声，苏茶看向了同样震惊又忧虑的贝贝，他也正在看她。

一脸同情。

"对……"苏茶面色平淡，要道歉。

陆予森面色冷寂，只极淡地看了她一眼："让开。"随后错开她，蹲了下去。

语气平静，却让苏茶有种被无故扇了一巴掌的怔然，要说出口的话被堵在嘴边。她很快敛住眼底的情绪，抿了抿唇，提起同样掉落在地上的蛋糕，默不作声地转身走向对面。

雨水落下来，她觉得心情有些许烦躁，只有些许。

"哎，你等等！"贝贝瞟了一眼自家师兄，捡起掉在一边的伞追了过去，"你也别怪我师兄，都是老韩，老是让我师兄盯着这盆新品种的郁金香，看得他都快走火入魔了。"

苏茶收好伞，没有回应。

"你别看我师兄这样，他其实嘴硬心软，是个很好的人，就是慢热……"

"你不过去帮忙？"苏茶打断他。

她看出来了，这小孩是对面那人的迷弟，脑残粉。

苏茶按响了门铃。

几秒钟后，晏亓走出来开门，看见面前浑身湿答答的人，惊讶地问："你这是怎么了？"

苏茶耸耸肩，在他注意到对面两个人之前，走进玄关关上了门："只是淋了点雨……得重买一个蛋糕。"

晏亓欲言又止，看了一眼变了形的包装纸盒，低头重新订蛋糕："先进去换衣服。"他指尖在屏幕上滑了几下，特地选了送货上门。

晏南端着高脚杯走出来："怎么了？"

话音一落，她已经看见了站在玄关的苏茶，衣服头发滴着水，比落汤鸡还要狼狈。

"你这是……掉水里了？"她笑了两声，转身回房间拿了毛巾，丢到苏茶手里，好看的眉头皱了两秒又松开，抿了一口的酒，"难得看见你这副模样，值得庆贺。"

在房间里画画的楚楚也跑出来，看见落汤鸡一样的苏茶，抱着晏南的腿笑了半天。

苏茶换好鞋走过去，在小家伙脸上轻轻地捏了一把。

"你家对面那个男人，你了解吗？"

苏茶擦着头发，将刚才发生的事情简单地给晏南讲了一遍，作为记者，简单提炼要点是她的长项。

偏偏到晏南耳中变了味，生生成了狗血八卦："不对吧，这不像你……"她一顿，意味深长地看了苏茶两眼，"你确定你不是变相地想引起他的注意？"

苏茶想要翻个白眼，想了想，翻身朝她扑了过去。

晏南一看她那架势，灵活地从沙发上站起："我去准备其他的，小元，你陪楚楚玩。"

她怕痒，苏茶再清楚不过。

轻轻扬起嘴角，不知怎的，她想起了那张清冷得神圣不可侵犯的脸。

她是不是想引起他的注意不重要。

重要的是，他已经成功地引起了她的注意。

2.

万事俱备，只欠蛋糕。

晏南窝在沙发里，怀里抱着个海绵宝宝的抱枕，手里端着一杯上好的拉菲。

"他叫陆予森，是个植物学家，看见对面的玫瑰园了吗？他亲手种的。"本着冤家路窄有故事的套路，晏南对他们很看好。

苏茶随意地点了点头，她之前匆匆看了一眼，除了玫瑰，院子里其他的花花草草也挺多的，都是些看起来眼熟却又叫不出名字的。

"独居，深居简出，没什么朋友，也不跟周围邻居交流。作息像老人，天不亮就起，穿着个围裙在院子里浇水施肥，兴趣单一，不是坐在花园的藤椅上看书，就是拿着工具和本子蹲在院子里做记录，更多的时候就只蹲在花前一动不动。总之，是个一门心思都放在花花草草上的人。"

晏南拍了拍苏茶的肩膀："也难怪他会发脾气，毕竟在他心里，花比人重要。"

苏茶心想，果然走火入魔了。想起他那句冷冰冰的"走开"，苏茶轻笑一声："他不会觉得那些植物听得懂他说的话吧。"

晏南晃了晃红酒杯，小酌一口："谁知道呢？说不定，听得懂呢。"

晏南目光轻飘飘地落在苏茶身上，她正用手机搜索着那个名字——陆予森。

口不对心的女人。

晏南一扬嘴角："楚楚，今天某人的心思，好像没有在你这个寿星身上。"

正陪着楚楚玩的晏亓听到晏南的调笑，目光不自觉地落在了苏茶身上。她已经换了一件衣服，薄薄的针织衫里面是一条素色的吊带长裙，头发半干，搭在肩膀上，衬得人清清冷冷，有几分禁欲的疏离感。

这件衣服，他以前看晏南穿过，他以为它就该是性感妩媚的。

"你搬家的事怎么样了？"晏亓垂下眸子，怎么也拼不好面前的拼图。楚楚指挥半天，他全都放错。

明眼人一眼就能看出——他心不在焉。

苏茶翻了一下，跟"陆予森"这个名字相关的内容不过三页。

按了锁屏，她舒服地躺在沙发上，头顶精美的灯晃得她眼睛发涩，这是用眼过度的后果。

"不怎么样。"

她已经工作半年，有了一定的积蓄，想从家里搬出来，然而找了好几个星期，也没有找到合适的房子。

也不是她挑剔，确实是，没有合眼缘的。

她这个人，做什么都讲求合眼缘，看不上的房子，再便宜也不住。虽说租的房子不是家，但多少也要住得顺心。

"总是在台里睡也不方便。"晏亓抓了两把头发。他朋友最近要出国，房子空出来想出租，他去看过了，地理位置和环境都不错。

“我……”

“搬到我这儿来怎么样？”晏南挑着眉，“我不缺钱，房租你看着办，有空多跟楚楚玩玩，停车场有车，你想开自己去柜子里拿钥匙，行李可以慢慢搬，我这儿什么都有，不够的我让小尕给你买。”她一顿，笑得越发美艳，“最重要的是，近水楼台……”

“土豪果然不一样。”苏茶假装没听见她的重点。

晏南抬手把抱枕丢过去：“什么土豪，我这叫为朋友两肋插刀。”

别说，三十多岁的晏南说这番话的时候，跟个侠气的小姑娘一样。

晏南是明星，准确地说，曾经是明星，而且还是当时最热门的流量小花，后来有了楚楚，便退出了娱乐圈，而楚楚的生父，至今是个谜。

她现在所拥有的一切资产，都是靠自己的能力赚得的，没有一分来源不明。

凭这几点，苏茶是佩服她的。

反观她自己，二十三岁，在桉市最有名的 GY 电视台任社会部记者，看起来也光鲜亮丽，其实不然。

工作不是她喜欢的，家庭不是她喜欢的，连上一个男友，也不是她喜欢的。

“我去倒垃圾。”苏茶从沙发上弹起来，将厨房和客厅的垃圾收一收，拉开了门。

这边门刚关上，对面的门就打开了。陆予森已经换了一件灰色的卫衣，深黑的牛仔裤下，一双长腿撩人。

苏茶眯着眼睛看他，好半天都没移开眼神。

她看得光明正大，眼神直勾勾的，好像要用眼刀将他身上的衣服一层层剥下来一样。

陆予森冷淡地往旁边移了两步。

苏茶也不靠近，不紧不慢地走着，渐渐被他的长腿甩在后面。她在背后踩着他的影子，看他的背影，一个人自娱自乐。

有好看的人为什么不看？有心动的人为什么不追？

她又不是傻子！

回去的时候撞见外卖小哥，苏茶顺手签收了蛋糕，签名的时候字都快要飞起来，签完之后她步履轻快地走回客厅，喊了一声："蛋糕来了。"

正在摆弄桌上那束火鹤花的晏南抬起头，勾了嘴角问她："什么事这么高兴？"

旁边玩拼图的楚楚和晏亓也抬头看她，她声音里的愉悦就跟缸里满溢出来的水一样，不受控制。

也不介意自己被看穿，苏茶弯着嘴角，眼睛微眯着，像只慵懒的猫："刚才你的提议，我有答案了。"

晏南并不意外："什么时候搬进来？"

"很快。"

她有些迫不及待。

初夏雨后的阳光、生机勃勃的街道、装潢精致的二层小楼，还有对面英俊又冷漠的男人，都很入她的眼。

3.

扔完垃圾回家，陆予森先去关窗户。

对面的笑声从半开的窗户飘进来，他抬眸瞟了一眼那栋亮堂堂的房子，平静地关上窗户拉上窗帘，外面的热闹照旧与他无关。

下了雨的初夏，空气比往常清冽，带着淡淡的植物清香。

陆予森缓步走到半人高的工作台前，用手翻了几下，找出被压在书下的振动的手机，瞟了一眼，是贝贝。

陆予森无动于衷，贝贝这个人，打从认识他开始就尤其执着，但凡打电话，不打到他接决不罢休。

打开冰箱，从里面拿出牛奶，放在倒好的热水里加热，然后走到柜子前，从里面拿了一包不知道什么口味的压缩饼干。

做完这些之后，他瞟了一眼亮起的手机屏幕——四个未接电话。

　　"喂？"

　　打开扩音，翻开记录本，陆予森对照着之前的观察，一笔一画地描绘面前的黑法师，力图连脉络都还原。

　　他的绘画能力不比专业科班的人差，但仅仅用在画植物上，用他的话说，他至今为止所做的，都是为植物服务。

　　"师兄，你是不是又在画图？是不是又没有吃饭？"不等他回复，贝贝又语重心长地说，"您能不能多关心一下您自个儿的身体？"

　　陆予森停下来，目光扫了一眼整洁得很久没有用过的厨房，琢磨着牛奶应该烫好了。

　　"好……还有吗？"

　　他轻描淡写的语气叫人气得牙痒痒。

　　"当然有！"贝贝咬牙，又想到什么，幸灾乐祸地笑起来，"我听见老韩说要给你相亲。"

　　果然是重磅炸弹。

　　要说这世上最关心陆予森人生大事的，除了贝贝，就数韩教授了。韩教授跟陆爷爷是同学，把陆予森当成亲孙子，动不动就招呼着要他去相亲。

　　"好像就是这个周末。"贝贝说。

　　"知道了。"

　　笑完之后，贝贝多少有些同情他："师兄，你给我透个口风，你到底喜欢哪种类型，我也帮你留意一下。"

陆予森眼前突然跳出苏茶的脸。

长得是美，就是有股说不出来的妖气。

贝贝的声音还在嚷着，陆予森却没有听下去的兴致了。

"挂了。"他说完，也不管贝贝的反应，直接切断了通话。

他又埋头画了两个小时，一朵花已经在纸上渐渐成型，他并不满意，觉得画的时候有些走神。

合上本子，他将黑法师放回楼梯旁的木架上。它的上方放着那株还未完全开放的新品种郁金香，残了一半的叶子反倒让它多了一股别韵。

牛奶已经又冷了。

陆予森没了吃的兴致，先去洗了澡。出来的时候只穿了睡袍，头发还湿着，他用毛巾擦了两把，往沙发上一倒，打算休息。

然而，还不等他闭眼，门铃先响了。

苏茶按了两次门铃。

她端着块蛋糕站在铁栅门外，衣服还是之前的衣服，头发却明显整理过，用发圈绑了个低马尾。

等待的时机，她借着路灯的光多看了两眼，野生野长的玫瑰配上白色罗马雕花坛，又有雏菊、石竹、琼花等小型花朵点缀其中，透着种复古的浪漫。

待在里面，一定有置身于十七世纪西方花园的感觉。

正想着，像是有感应一般，苏茶猛地抬起头，看见了站在窗边的男人。

他抿着唇，一双眼睛黑且深，像是天边的寒星，透着与生俱来的疏离和不自觉的吸引力。

苏茶稍微眯了眯眼睛。

陆予森淡淡地瞟她一眼，面无表情地拉上了窗帘，茶色的窗帘底部，几朵花线绣的花瓣曳曳舞动。

苏茶仍旧抬着头站在那儿，也不窘迫，脸上慢慢有了笑容，极淡，有种危险的味道。

他刚才看她的那一眼，是在嫌弃吗？

把她当成随随便便往男人身上贴的女人了？

晏南在二楼冲她招手："吃闭门羹了？"

苏茶转身，对晏南一笑："来日方长。"

以后她就是他的新邻居了，这日子，会越过越好的。

4.

苏茶搬家的那天，没有人帮她，她一个人推着两个装得满满的24寸黑箱子，站在铁栅门外翻钥匙，目光瞟到对面院子里正在浇花的陆予森，他围了个茶色围裙，侧脸在午后的阳光下散发着淡淡的光。

果不其然，认真生活的男人是最帅的。

无论是工作的时候、做饭的时候，抑或是早起躺在椅子上晒太阳的时候。

将钥匙插进锁孔里，往左边一扭，"咔嗒"一声，门开了。

"怎么样？还满意吗？"电话那端很安静，苏茶甚至听见了晏南倒酒的声音。

苏茶有些疑惑，她不是去参加青梅竹马的婚礼了吗？

"你少喝点，晚上要不要我去接你？"苏茶将行李箱靠墙立着，走到窗户边拉开窗帘。晏南特地给她腾了房间，二楼正对花园，可以每天看见对面的人，只可惜，刚才还在浇水的人现在已经不见了。

苏茶从床头抽出两张薰衣草香味的纸巾擦了擦脑门上的汗，一头倒在床上打开空调。

"不用，小亓演出完会来接我。"

"哦……楚楚呢？又跟着晏亓去酒吧了？"

"嗯，她喜欢听小亓弹吉他。"

歇得差不多了，苏茶说："你也不怕楚楚以后跟你不亲。"

她翻身下床，开始整理东西，毛巾、洗漱用品、衣服、床单……必备的东西都拿出来之后，只剩下大堆的书。

目光落在右手边一墙高的木制书架上——她第二满意的就是这

个书架了。

浅棕色的书架被隔成大小一致的格子，上面有深深浅浅的纹路，像花瓣，又像叶子。上面还零星放着几本书，看起来是有人特地为她准备的。

苏茶并不嗜书如命，只是喜欢收藏书，各类型的专业书籍、文学著作、小说故事，她都有，有些书页已经泛黄，而有的连外面的封套都没拆。

她喜欢书页翻开淡淡的木浆味，喜欢风吹动书页的声音。

她对书的收藏癖更像一种偏执症。

"乌鸦嘴……你好好收拾，有什么需要的，打电话给小亓。"

苏茶听见电话那头有人叫晏南的名字，她应了一声便挂断了电话。东西收拾得差不多了，她洗了个澡换了身衣服，拿着钥匙出门了——她要去找在西城警局工作的成末，问问野猫事件的最新情况，顺便收集可以作为新闻选题的素材。

她往对面瞟了一眼，花园里没人，二楼的窗帘依旧拉着，像是没人住一样。

安静得有些凄凉。

另一边，婚礼现场。

晏南挂断电话，将杯中的红酒一饮而尽。她喝酒不上脸，一双眼睛也依旧澄澈，踩着双八厘米的高跟鞋，不偏不斜地走直线。

强大的气场内收，却还是让人不自觉地被吸引。

裴隐舟靠在柱子边看她，从她趴在栏杆上讲电话的时候，他就一直在看她了。

要说这世界上有一见钟情，一定就是他现在这样的。

他一双眼睛里只映着她，一颦一笑都牵动着他的心，尤其她微仰着头喝酒的时候，灯光落在她的脸上，他发现他的心跳慢了几拍。

"她叫晏南，跟我老公青梅竹马。"新娘经过他身边的时候，朝他眨了眨眼睛。

裴隐舟盯着正在摆弄桌花的晏南，笑了。

他相信这是缘分。

他是新娘的蓝颜，她是新郎的青梅。

以及，他们在这场婚礼相遇。

尽管如此，裴隐舟并没有轻易走上去搭讪，后来他坐在新娘的对面，旁边就是晏南，难得的机会，他也没有开口。

仪式完毕之后，新娘有些遗憾："看你对她挺感兴趣的，还以为你喜欢她……"

"嗯。"

"那你为什么都不跟她说话？"

"不着急，还会见到她。"

裴隐舟自信满满，既然有缘分，当然不会只遇见一次。

新娘看着他，摇了摇脑袋，过去挽新郎的手："他单身二十六年，是有原因的。"

裴隐舟笑笑，并未将新娘的玩笑话放在心上。

她跟他在大学时认识，在他创办线上花店最初提供了不少技术上的帮助，二人一路扶持着走到现在，他很感谢她。

今天是她的婚礼，他千里迢迢飞过来，自然要将她当女王供着。

至少今天要如此。

"我去外面透透气。"裴隐舟跟新娘打了个招呼，抬脚向外走。作为一个习惯性去适应环境的人，他最不喜欢的，其实就是婚礼现场。

新娘摆摆手，让他自己随意。

"他就是你说的'男朋友'？ Try To Love 花店的创始人？"新郎问。

"嗯，别看他长着副花花公子的脸，可认真可努力了，花店从线上走到线下，再到现在的规模，都是他的功劳，这好像还是他第一次参加婚礼……"

婚礼现场由花店负责布置，新娘自己就是策划人，头顶遮了星空点缀的黑幕布，绚丽而浪漫的紫色灯光照亮了整个会场，桌上近半米高的伞形花束，底端用纯铁三脚架固定，是新娘新郎共同完成，下面还放着特别定制的香烛。

裴隐舟记得，这似乎不是新娘以前喜欢的婚礼布置。

背后的声音渐远，裴隐舟脸上的笑意也越来越淡，从口袋里摸出手机拨了号码。接通之后，他的声音已经不似刚才那般轻快明朗："我回来了，短时间之内不会再出国，花店的情况你照常用邮件……"

他沉着嗓子，话说到一半，不说了。

他的左边，晏南靠在会场外的墙壁上，正扭头对他笑。

"我还有事，先挂了。"

裴隐舟看着那张笑脸，他并没有料到机会这么早就到来，也没有料到先开口说话的，竟然是她……的孩子。

楚楚穿着小礼裙，不知从哪里跑出来，伸开手挡在晏南面前，有些不满地瞪着他："看了我'麻麻'十分钟，说，有什么预谋！"

5.

婚礼上的相遇，晏南只随便提了两句，说对方是个长得还不错、又有点有趣的男孩子，她似乎也对他有几分兴趣。

楚楚趴在晏南腿上，仰起头，腮帮子鼓得像仓鼠。

"麻麻，你不要喜欢他，一看就是花花公子！"

苏茶伸手捏了一下她的鼻尖，逗弄她："晏子都，你真的知道什么是花花公子吗？"晏子都是楚楚的大名，苏茶觉得它很大气。

楚楚哼了一声："当然，看到女孩子眼睛就跟会发光一样的，就是花花公子。"

"那万一他是对你麻麻一见钟情了呢？"

"那么多人对我麻麻一见钟情，难道麻麻都要喜欢吗？"

苏茶笑了声，理好像是这个理，但好像晏大小姐的状态有点……反常。

晏大小姐之前没想过要恋爱，孩子也有了，她倒是乐于当单亲妈妈，就连身边朋友特地准备的相亲，也总是缺席。

偏偏就是今天，她突然提了个婚礼上才见过一面的男孩子，一个看起来就比她小的男孩子。

她提起他的时候，眼神明显不太一样。

苏茶也没问，专心地继续自己还未完成的工作，手指在键盘上飞快地敲击，像一首节奏紧凑的奏鸣曲。

桑青青打电话过来的时候，苏茶正要去上班，她朝对面看了一眼，陆予森正坐在木椅上看书，一双长腿交叠，翻书的手指纤长而骨节分明。

"喂？"苏茶的视线在陆予森的身上游移，他肤色不白，垂着头，微卷的头发落在眼尾，散漫中透着点阴郁。

"上班了吗？在外面住得怎么样？要是不习惯……"桑青青似

乎在准备早饭，隔着手机听到冷油下锅的声音。

"习惯。"苏茶沉声打断。

陆予森合上书，起身从旁边的圆桌上拿了喷壶，给角落里未开的花浇水。苏茶将手机移到眼前看了一眼，八点十分。

"明天下午桑桑要回来吃饭，你有时间就回来。"

"嗯。挂了。"

苏茶很敷衍，她知道桑青青的意思，想要"一家人"好好吃个饭，但她不是个外人吗？

在她的记忆里，只要有她在，顾淮桑准会找事。

顾淮桑是顾教授的女儿，才初二，正是叛逆的年纪，她将对后妈的抗拒，全都发泄在了苏茶这个跟后妈一起进来的姐姐身上。

苏茶也有些无辜。

她从未想过要跟顾淮桑瓜分什么，她只想早点独立，早点搬出来。

至于从那里得到情感什么的，苏茶想也没想过。

挂断电话，苏茶转身去上班。初夏的道路两旁都是蓬勃的绿意，深吸一口，全是清冽的空气。

她的心情渐渐轻松了一点。

打完卡，坐了半天的班，好不容易到了午饭的时间，她接到成末的电话，说到附近巡逻，约她一起去吃火锅。

关掉电脑，苏茶活动了一下身体，正要起身，听到对面几个同事聚在一起议论。

"听说李姐被那个叫陆予森的男人拒绝了。"

李姐是台里的老人，四十岁，工作能力极强，不少热点人物、政要高官都是她去采访报道的，用台里的话说，就没有她拿不下的人。

没想到竟然也铩羽而归。

"李姐也被拒了？那看来是没戏了，你说他不就是个整天翻山越岭找珍稀植物的书呆子吗？台里怎么这么看重他？"

"嘘，你小点声，上面安排的，你还有意见？你还别说，他就算是书呆子，也是个有气质的书呆子，我看过他的视频，侧脸确实好看。"

"侧脸好看也不能代表正脸好看，正脸好看也不能代表有新闻价值……"

"你知道什么，他的导师韩远信是我国著名植物学家，曾作为中国代表，几次参与国际植物学大会，在国际植物学会都有一定地位，而他是韩远信最器重的得意门生……"

苏茶坐在原地，在她们的对话中，拼凑出了一个高高在上的陆予森。

我国著名植物学家韩远信的得意门生，十七岁考上大学，两年后被推荐赴荷兰留学，在阿姆斯特丹大学念神学。

并非植物学专业的陆予森在大学期间，曾多次在《Nature Plants》《New Phytologist》《Plant Cell》《Plant Cell and Environment》《Photosynthesis Research》等顶级期刊发表论文，多次参与国内外资助的课题。

曾与韩远信一同受邀参与第 18 届国际植物学大会并做出专题演讲，2013 年曾被提名"格蒂野生动植物保护奖"，受到世界野生生物基金会的重视和邀请，次年其所在的韩远信团队被提名"泰勒生态奖"。

现在除了是一名植物学家之外，也是 FFI（野生动植物保护国际组织）的准成员。

他的经历光是听起来，都让人觉得头痛，完全属于小时候别人家的小孩，遥不可及的大神。

而他之所以出名，却并非因为这些经历，而是电视新闻采访上一个不过三秒的侧影。

年初，他所在的韩远信团队在宁县发现了消失百年的喜雨草，受到了当地政府的关注，也接受了当地电视台的采访。作为主要功臣却并未正面出境的陆予森，全程坐在韩远信背后的地上，拿着笔手绘面前的植物。

直播的时候摄影师不小心滑了一下，镜头一歪，将陆予森的侧脸拍了进去，谁也没有想到，不过一个小事故，帮他吸引了众多颜粉，让他在一夕之间成为热搜榜上的名人。

他侧脸……确实挺不错。

苏茶若有所思地点点头，正想着，桌面传来的振动打断了她。

成末问她还要多久？

苏茶捞起椅背后的外套，单手回了两个字——马上。

吃完饭回到台里，苏茶将成末的调查结果输入电脑，然后拿着手机刷了一会儿。

"你很高兴？"简宸突然蹿出来坐在她身边。

苏茶头也不抬："嗯。"

"因为跟小巡警见面？"简宸趴在桌子上，声音有些闷闷的。简宸是新来的，分给苏茶负责带，算是她的半个徒弟，平时没大没小自来熟惯了。

苏茶顿了顿，不打算解释："西城流浪猫事件的结果出来了，是有人用氰化钾毒死的，嫌野猫吵。"

"什么？就因为小猫叫就谋杀！真是过分！"

简宸是个猫奴，因为不忍看见小猫惨死的样子，当时死活不跟苏茶一起去调查采访。

"嗯。很过分。所以下午你跟我一起去西城警局。"凶手即将被移交法院。

被转移了注意力的简宸闷头回座位上准备去了。

下午上班的时候，苏茶先去了一趟上司办公室，上司姓时，四十三岁，还跟三十多岁时一样充满斗志，眼神永远凌厉，是个热爱新闻工作的男人。

"时部，西城野猫事件的结果出来了，下午我要带简宸过去一趟。"

时部长点头，看了苏茶一眼，又将视线移回电脑屏幕上，噼里啪啦的打字声中，他的声音也有了节奏感。

"把小杜也带过去。"

等了好一会儿，时部长见苏茶没有离开的打算，问："还有事？"

"嗯。"苏茶站得笔直，"采访陆予森的事，可以交给我负责吗？"

时部长的手指落在"D"字母上："嗯？"

"采访陆予森的事，可以交给我负责吗？"苏茶又重复了一遍，"我认识他，我们是很好的邻居。"

6.

周六，晴空万里。

苏茶早早起床洗了澡，出来发现晏南正在客厅做高难度瑜伽动作，整个人快扭成一团麻花。

"早。"晏南对于周末难得不补觉的上班族苏茶笑了笑。

苏茶用毛巾擦着头发，心想，难怪她当初可以成为国民女神，努力不可怕，比你优秀的人比你努力才更可怕。

晏南扭头看了一眼苏茶的身材："不用自卑，你比大多数人都好。"

苏茶给自己倒了杯温水："今天我们去逛花市吧。"

"你开窍了？"晏南嘴角一勾，脚尖往后一落，轻轻松松翻了个身坐起，"怎么想起要去逛花市？"

苏茶看了一眼澄澈的天。

"这么好的阳光，不能浪费了。"

晏南活动了一下脖子——或者说，这么好的机会，不能浪费了。

陆予森看上去冷冷淡淡，对大多数人和事都毫不在意，唯独对待植物，是真的很用心。

除了每天照顾花园里的花，他每个周末都会去花市逛几圈，回来的时候，手里都会提一两盆花，他把那些花移栽到花园里，好生地养着。

他把这当成一种习惯，一种仪式。

此时他就蹲在花市里的一个小摊前，对着一株兰花，看得出神。

旁边的摊主等了一会儿，有些急又不敢催："这位先生，你要是看上了它，不妨把它给带回家。"陆予森的样子一看就是想买，摊主琢磨了一下，说，"这样吧，我也不叫价了，最低价，三千卖给你。"

　　花市靠近别墅区，卖的也不是一些随处可见的野花野草，三千的价格其实算不上什么。

　　陆予森站起身，将手里的兰花递过去，脸上依旧没有表情："麻烦了。"

　　摊主笑得眼睛都要不见了。

　　他也就是这么一说，没想到还真碰到一个傻子，哦，不，应该说是一个土豪。年纪轻轻，看起来应该是富二代，听到他的喊价连眼睛都不眨。

　　"先生看起来就是个爱花的人，有品位。"摊主夸起人来都不用过脑。

　　陆予森站在那儿，像扎根地上的白杨："你这花，是长在祁远县东边小镇附近的？"

　　摊主一愣，没料到他竟然还听出了自己的口音。

　　他家在祁远县，这兰花确实是长在他家附近的某座山上的，不过，他家不在东边，而是在西边。

　　"以前去附近爬山，跟当地人说过话。"

　　摊主松了一口气，继续装花，他的动作倒是小心，过程中没有伤到兰花。

"先生果然识货……还请先生不要告诉别人，不然我们这些小老百姓的财路可就断了。"

陆予森垂眼，只看袋中的兰花："嗯。"

"别急。"

陆予森刚要付钱，一只手从身后伸了过来，按在他的手背上。指腹温热，又嫩又滑，陌生的触感。

陆予森手一缩。

到手的钱被收回去，而且看对方的样子，属于来者不善。摊主脸色有点不好看，却还是扯着笑发问："小姑娘，你这是要做什么？也想买这株兰花？可惜我跟这位先生已经谈好了，做生意的，诚信最重要。"他不忘抬高自己。

苏茶目光微凉，嘴角也带笑："我就是来跟您商量点事。"

她将摊主拉到一边，三下五除二说完了话，转身回来的时候，淡定自若地从陆予森手中抽了几张钱，刚好十张毛爷爷。

"这是给您的。"苏茶将钱递到摊主手中。

摊主顿了顿，虽然脸色不太好，却还是扯了抹笑接了钱。

晏南双手环在胸前看着，一转眼这姑娘就不见了，原来是跑来给自己创造机会了。

就知道，某人醉翁之意不在酒。

所有事情发生不过短短几分钟，自始至终，陆予森都不知道她到底跟摊主说了些什么。

他看了一眼面前的人，她琥珀色的眼瞳里带着点漫不经心，眼尾轻轻挑着，几分勾人，几分淡漠。

陆予森绕过她，将手里剩下的两千递过去，转身走人。

他是不是傻？

苏茶愣了一秒，很快反应过来，他傻的概率比较小，更大的原因在于他根本不屑于她的帮助，也不想跟她搭上任何关系。

"去追呀！"

晏南看戏看得火热。

苏茶淡淡地瞟着那道背影。

追？她才不是有勇无谋的人，现在的情况，先晾晾他吧。

苏茶没有追上去，陆予森放松不少。

从刚才苏茶将手指按在他手背上开始，他的太阳穴就突突地跳，有种随时会炸掉的感觉。他很少跟人接触，尤其是女人，那种全然陌生的触觉和温度，让他产生了生理上的抗拒。

"眼光差，智商也差。"

他是植物学家，怎么会估不出面前的兰花值多少钱？

在普通人看来，这不过是一盆长得比较特殊的兰花，黄绿色的花瓣、血红色的花蕊，漂亮得叫人移不开眼。

它的学名叫三棱虾脊兰，2006 年的时候曾经被拍到十万市价，是世界珍稀濒危植物，本该受到各地政府和林业局的保护。

摊主不知道这株兰花的来历，却会因为尝到的甜头再动心，他们只要顺藤摸瓜，就可以找到兰花的生长地，将更多的兰花保护起来。

至于摊主将得到的后果，跟他没有太大的关系。

他想做的，仅仅是保护它们而已。

"他不知道珍惜你们，你们也不用可怜他。"陆予森眼神很凉，只有落在兰花身上的时候，才慢慢化成温柔。

就好像它们才是他的朋友、家人和同类。

陆予森将兰花带回家，观察了两天之后，送到了韩远信的办公室，他是国家植物保护协会的荣誉理事，兰花交给他是最好的归宿。

"已经通知过祁远县林业局，接下来的事情他们会负责。"韩远信将兰花收好，转身给陆予森倒了一杯茶，"你多久没来陪我喝茶了？"

陆予森抿了抿唇："半年。"

韩远信一掌就要拍他的脑袋："你这小子，老是一副冷冰冰的样子，怎么找得到媳妇？"

陆予森轻松避过，垂眸说："为什么要找？"

"不找媳妇你要做什么？把它们当你媳妇？物种不同啊，小子。"韩远信恨铁不成钢，"好不容易给你约了个不错的姑娘，说周末见面，你非背着我给推了！"

从小看着他长大，长得倒是好看，就是性子怪了点，身边也不见有什么女生，现在老大不小了，连个恋爱都没谈过，怎么能让人不愁？

三句话不离"媳妇"的韩远信皱着眉。

"老师，郁金香已经完全开了，图和相关数据已经发到了你邮箱，你跟博士商量商量，该叫什么名字。"陆予森一下子将话题转开。

韩远信也是个植物狂，听到这番话，立刻笑眯眯地去跟远在荷兰的博士聊视频了。

韩远信的办公室放着不少绿植，长长的办公桌上放着各种工具以及植物、土壤的样本，散乱在各处的白纸上记录着各种数据。

这个长不大的老头，面对植物就跟小孩子得到糖一样。

陆予森默默地把桌子整理好，再将绿植移了移位置，不过十分钟，办公室已经干净整齐了许多。

他翻看了一下记录本，跟自己脑海里的数据对比了一下，没什么大问题之后，才合上记录本，转身看了一眼跟荷兰博士聊得热火朝天的韩远信，起身离开了。

陆予森没有想到，会在学校遇到苏茶。

夏天的午后，阳光温暾地照在头顶，叶片也闪着光。有鸟在头顶飞过，一边叫还一边排便，底下的人一个不小心就会中招。

贝贝正跟一个小学妹走在两边都是枫树的"天使大道"上，瞥见一个挺拔的身影，匆匆跟学妹说了一声，便朝着那道人影跑过去。

"师兄！"兴奋程度不亚于粉丝见到明星本尊，就差没直接扑他身上去，贝贝惊喜道，"师兄，你怎么有心情来学校？"

他的动静顺利地惊扰到了周围的人，纷纷朝着他们所在的地方看过来，见是陆予森，都小声惊呼了起来。

要知道，陆予森几乎是这所大学的神话，也是最高不可攀的男神，就算已经毕业，关于他的讨论也不会少。

他在去年一百年校庆的时候出席过一次，当时好多同级的学长学姐都赶了回来，那场面也算是难得一见了。

陆予森略一皱眉，看了贝贝一眼，还是生不起气："来找老师，周末在外面买了盆三棱虾脊兰，纯正的。"

贝贝"哦"了一声，又问："师兄你买彩票了？"

陆予森说："三千块。"

贝贝又"哦"一声，双手背在脑后："原来是个傻子。"他带着陆予森往食堂走，"我请你吃饭，二食堂的红烧鱼。"

话音一落，他看见陆予森站住了。

他的目光落在一棵树下，那个拦在别人面前，穿着卫衣牛仔裤，一头巧克力色短发的女生。

贝贝一颗红彤彤的八卦之心跳了起来。

"师兄，你认识？"

不等陆予森回答，对面的女生已经经别人提醒，转头看向二人。

隔得有点远，贝贝忍不住眯了眼睛，阳光下她的发色更亮，折射着光，有点晃眼。

"有点熟。"贝贝喃喃着，等人走近，才恍然大悟，"是你！对面的邻居！"

苏茶朝贝贝点头，大部分目光却落在陆予森身上。

"你以前是这里的学生，还是有认识的人？"贝贝本就自来熟，对苏茶又很有好感，见到她，话更多了起来。

苏茶说："有点事需要调查。"她并不隐瞒，反倒让陆予森有些意外。

但只有一秒。

在陆予森看来，任何事发生在苏茶身上似乎都不意外。

她就跟秘密本身一样，让人捉摸不透。

7.

自从那天在花市分开之后，苏茶也不趴在窗口看他了，上班的时候也只是背对着他家，关上门就走，绝不多看一眼。

　　要说那是欲擒故纵或是生气耍脾气也算了，但偏偏不是。她跟他擦肩而过的时候也会看他两眼，但就是冷冷淡淡，跟看陌生人一样的表情。

　　这个女人，跟其他的女人不一样。

　　陆予森当时就知道。

　　贝贝问："调查什么？"

　　他并不知道在他离开之后发生了什么事，更不知道苏茶原来对第一次见面就冷脸相对的陆予森产生了兴趣。

　　他们学校有什么好调查的？

　　苏茶目光在陆予森脸上游移了半会儿，看清他的不耐烦，不失望也不尴尬："来调查……"

　　陆予森一把圈住贝贝的脖子："走了。"他看出来了，这女人什么都敢说，什么都敢做！

　　贝贝还在疑惑，却也挣不开陆予森的手臂："师兄，你今天怎么这么奇怪？这大庭广众之下，不是你说不要拉拉扯扯的吗？"

　　进了食堂，陆予森才松手。

　　"别说，她剪短发还挺好看的，第一次见面的时候我就觉得她不错，一眼看过去，跟街上那些妖艳货不一样。"贝贝想了想，又笑，

"有点像《叛逆的鲁鲁修》里的 C.C.，但是又不太一样……"

陆予森听不懂他的话，也没兴趣听懂他的话。

"上次见面就觉得她性格挺好的，虽然笑起来也冷冷淡淡的……师兄住在对面，也觉得她人不错吧？"

陆予森漫不经心地"嗯"了一声，其实他根本没听清楚贝贝在说什么。

他刚才突然想到自己的记录跟教授的数据有一处不一样，他正在琢磨为什么会产生那一处不一样。

贝贝自顾自地说话："吃饭的点，还是给她买点吃的。"他突然又想到什么，抬头问，"她叫什么？"

陆予森脚步不顿地往前走。

贝贝想，以师兄的性子，他应该也不会主动去跟人打招呼，可能也不知道她的名字。

正想着，陆予森的声音传过来。

"苏茶。"

他都不知道自己是什么时候记得这个名字的，也许是晏南叫她的时候，也许是外卖小哥闯错门要他签收的时候。

贝贝想了想，笑："我最喜欢薄荷茶了，以后就叫她'小薄荷'！"

陆予森太阳穴又跳了两下。

苏茶坐在外面的花坛上，仰着脑袋晒太阳，她脸上没有笑意，抿着唇，透着点不太清晰的忧郁。

"哟，小薄荷。"贝贝站在她面前，正好挡住阳光，"这么晒太阳会变黑的，你们女生不都怕变黑吗？"

苏茶接过他递过来的超大份的三明治和热牛奶："出门擦了防晒，而且也只晒一小会儿。"将吸管插进牛奶里，她突然意识到什么，"小薄荷？"

"嗯，你的专属昵称。"贝贝得意扬扬，觉得这个名字特别又好听。

苏茶默了默，接受了这个不怎么样的名字。

陆予森走出来的时候，看见的就是苏茶和贝贝并肩坐在花坛上说话的样子。

他多等了几秒，见她吃得差不多了，才重新抬脚走过去。

"我有话跟你说。"他声音低沉而性感，像冬日里的深泉，越品越有味道。

这是惜字如金的陆予森对她说得最长的一句话，苏茶站起身，跟他走到一边。

她身高一六七，站在陆予森身边，刚刚到他的肩——就连身高差都很合她的心意。

"苏记者，我不接受任何形式的采访。"

她每天九点上班，下班时间不定，看似散漫却也能八面玲珑，不爱伪饰，经过他家门口的时候，胸前的证件会晃出来，上面有她的身份——记者。

他视力一向好，正如刚才他瞟见她的本子上，写的全是跟他有关的东西。

"我只是个普通人，不爱跟人打交道，也不喜欢有人打扰我的生活。采访的事情没什么好商量的，至于你的真实目的，也请你放弃，我对你没兴趣。"

陆予森眼神犀利，心也如明镜，苏茶脸上的笑意逐渐敛住。

她淡淡地打量着陆予森，并不辩解。

采访的确不是她的目的。

陆予森叫了贝贝一声，转头接了个电话，是他家里打来的。

苏茶站在原地没有动。

你说你没兴趣？

为什么我觉得，我在你的心里，已经有了痕迹？

Chapter2 ▼
潘多拉之心

*传说，一段感情，
开始于一次猝不及防的时视。*

1.

"喝酒吗？"

五月的夜，苏茶穿着条长裙，外面披了件米白色的针织衫，靠在铁栅门前，朝陆予森晃了晃手里的红酒，琥珀色的眼睛淡淡地看向他，带着点笑。

陆予森从藤椅上睁开眼，起身往里走。

他以为苏茶是知难而退的那种人，却没想到她比以往那些人都要有耐心。不算缠人，却有让他头疼的耐心。

"家里没人。"言下之意,她只是刚好想喝酒,而家里刚好没有人,她只是想找个人陪她喝酒,而那个人刚好是他。

陆予森动作不顿,"嘭"一声关好门。隔着距离,苏茶也能感觉到他对她的疏远和冷漠。

"真可惜啊。"

苏茶靠在墙边,将红酒打开倒进其中一个高脚杯,然后淡定自若地站在那儿对影自酌。

陆予森站在房间里,没有开灯。

从窗帘缝隙中可以看到她的背影,比起孤寂,更应该说是清冷。

但偏偏就是这个清冷的女人,主动跑到他家门前,之前带着一块蛋糕,今天带了一瓶红酒。

下次,应该带什么?

他猜不透。

三四杯酒之后,苏茶抬脚走进了对面,打开电脑点开微博,她写:

我喜欢有前途的男人,以及有过去的女人。

——

以上,出自王尔德。

今天不发毒鸡汤,觉得这句话更衬她的心情。对面的男人是有前途的男人,而她,恰好是有过去的女人,他们本该一对。

她翻了一下留言，选中了其中一个粉丝。

"喜欢一个人，怕他成为别人的男朋友，又怕开口吓走了他。"

苏茶在下面回复："怕死吗？怕死就别活了。"

活动了一下手指，苏茶将自己的个人介绍改成了——有故事的美人。

做完这些之后，苏茶关掉电脑，洗完脸之后躺在床上敷面膜。十分钟之后，楼下传来开锁的声音，晏南回来了。

苏茶顶着张面膜走出去，道："你最近出门的频率挺高。"

晏南将已经熟睡的楚楚抱回房间，扬了扬手上的提拉米苏："带了零食，吃吗？"

苏茶点头，将面膜掀下来，拿起勺子就开始拆包装："你想用一个提拉米苏堵住我的嘴？"

话虽这么说，她却没有再问。

反倒是晏南先坐过来，凑到她耳边问："看你最近春光满面，进度如何？"

晏南是美人，跟苏茶不一样，苏茶的美是少数人心中的美，属于越看越有感觉，偶尔走性冷淡风；晏南则是大部分人心目中的美人，巴掌大的小脸，吹弹可破的肌肤，一双桃花眼眼尾上挑，靠着妆容，妩媚与柔美随时切换，身材也保养得极好。

她一笑，真真实实是桃花笑春风，叫人心动。

苏茶抿抿唇，舀了一勺提拉米苏塞进她嘴里——最近某人叫嚣着要戒甜食，说是胖了 0.05 公斤。

"一切顺利。"

苏茶说："时部给了我两周的时间。"

晏南笑，她问的明明不是苏茶的工作。

次日，苏茶醒得稍晚，昨晚的红酒让她睡得很安稳。洗漱的时候隐约听见晏南在打电话，苏茶瞟了一眼放在洗衣机上的手机，已经八点半。

一边用手机叫了滴滴，一边争分夺秒地换衣服，五分钟时间，她已经整理完毕。车子一路疾驰，紧赶慢赶，她终于在响铃前一秒打卡。

饶是如此，在她脸上也看不到丝毫的忙乱焦急。

经过简宸身边的时候，瞟见她正埋着头刷微博，一晃看见个熟悉的头像，苏茶也没有细看。

"等会儿记得把市副委贪污受贿的新闻报道发给我，还有最新的选题，下午跟我一起去洗云街，有一对夫妻打架误伤了人……你的小巡警也在……"

她依旧精力满满。

简宸听到"小巡警"三个字，也跟充了电似的，赶紧收起手机开始工作，一双眼睛像饿狼看见肉一样，发着光。

等到一天工作结束回到家，站在紧关着的铁栅门前翻了很久的挎包，苏茶才发现钥匙没带。

不仅如此，晏南中午告诉她，自己带着楚楚去邻市参加闺蜜聚会，晚上不回来，晏亓也跟乐队去闭关练团了。

家中没人、钥匙没带，关键是，手机还让简宸看剧看关机了。

……

苏茶抬头看了一眼逐渐阴沉下来的天，接连几天的大晴天终于还是要换来一场大雨。在门口站了小半会儿之后，她抬脚走向对面，按响了门铃。

天时、地利、人和。

她要是再不知道怎么做，她就是个傻子！

门铃按了好几遍，里面的人才拉开门，隔着距离，看了一眼站在铁栅门外的苏茶。

眼神清冽，带着点不耐烦。

苏茶问："要下雨了，方便让我进去躲躲雨吗？"

变天前的风有些烈，吹得她头发凌乱，她伸手拨了一把，一双眼睛仍旧灼灼。

陆予森皱了皱眉，放在门把上的手一时没有动作。

苏茶又抬手按了一下门铃。

外面是真冷，天气预报没料到会变天，而她只穿了一条露肩的黑色包身短裙，倒是衬得身姿好，只是没有太大保暖作用。

她伸手抱住自己。

陆予森眼带嘲讽，不为所动。

他没记错的话，她所在的 GY 是有工作服的，蓝色白条，他在电视上一晃见过。

中午过后，这股冷空气就有所预兆。

而她现在穿着清凉，站在自家门口求收留，其中目的昭然若揭。

陆予森抬眼，视线轻飘飘地从苏茶身上掠过。

"不方便。"

说话间，放在门把上的手指一动，已经拉上门。

"你……"

苏茶摇了摇脑袋——真是没有一点人情味儿啊。

她嘴角带着点笑，对陆予森却并没什么怨气。她不过在他面前放了套，至于要不要入套，得看他。

总不能捕不到猎物还怪猎物不听话吧。

苏茶靠在墙边，入眼的是一小丛粉白的蔷薇，风吹得烈，最外层的花瓣摇摇晃晃地落下来，有一瓣掉在她的高跟鞋上，小小的，中间有一张笑脸。

2.

策划这场巧合的晏南坐在朋友家客厅刷着手机，上面有晏亓的消息，问她赶他出门到底有什么阴谋。

晏南弯着嘴角，哪有什么阴谋，不就是助人为乐吗？

"妈妈，你在笑什么？"楚楚手里抓着辆遥控越野车，仰着脑袋问晏南，黑幽幽的大眼睛里带着天真和好奇。

晏南盯着那双眼睛，摸了摸她的头发。小姑娘除了眼睛，哪里都遗传她，就连这一头可爱的自然卷，也跟她小时候一模一样。

"玩得开心吗？"

小姑娘轻轻松松被她转移了注意力，扬着张笑脸答："开心，我们在玩冒险游戏，那里是沙漠，没有水，这是我……"

晏南含笑听着，眼里都是温柔和宠溺。

旁边几个朋友瞧着她那样子，也都忍不住打趣，当初事业心那么强的大明星，现在也成了个孩子奴。

"对了，你不是喜欢花吗？附近有一家挺不错的花店，二楼是咖啡馆，我们过去坐坐吧。"

晏南有了点兴趣："走吧。"

听说店里还有用鲜花做出来的漂亮甜点，孩子们也兴致勃勃。

晏南牵着楚楚的手，小小的掌心温温热热的：“要是你喜欢，以后妈妈常带你过来跟大家玩。”

楚楚摇头：“偶尔出来就好了，我也很忙的。”她踩下最后一级阶梯，转头问，“妈妈，你还没有回答我，刚才到底在笑什么？”

小小的孩子，跟她当初一样，认真又执着。

“是因为茶茶姐姐和对面的哥哥吗？”

晏南有些惊讶，现在的小孩，怎么都跟明镜似的，什么都懂。

她们走了二十分钟，终于看见了开在商业街中庭，花团锦簇的Try To Love。

白色偏灰的底色，发光的淡金色 LOGO，四周都是玻璃，映着门内门外的花和人。门外放着个木架，架子上摆着满天星、洋桔梗、孔雀木和商陆。

门是推拉门，上面挂着风铃，做成小小的蔷薇花的形状。

“店里装潢挺好看，但这名字……”

“没有试过，怎知不喜欢。名字出自 2000 年年底，莱斯·豪斯特洛姆导演的《浓情巧克力》。”一只手伸过来，接替晏南推着门。

说话的人并未在意前一句话中的调侃，等她们都走进去之后，才长腿一跨，跟着进去。

晏南转身站定，看着刚巧出现在这里的裴隐舟，鼻梁挺拔如刀削，眼睛里透着光，在笑，让人看到冬天的阳光，温暖而远。

"又见面了。"

他原本是来工作，了解一下最近的运营情况，顺道看一看首支广告片的拍摄进度，没想到竟然会碰见晏南。

晏南微笑点头，听见身边的朋友问她："他是谁啊？你认识？"

她们平均年龄三十四岁，晏南是第二小的，而站在她们面前的裴隐舟看上去才二十多岁，皮肤白白的，妥妥的小鲜肉。

裴隐舟大方地介绍了自己的名字，示意她们背后的小姑娘继续去做自己的事。

"哦，看起来是追求者啊——"朋友盯了盯旁边的晏南，又看了看用眼神锁定她的裴隐舟，心底了然。

裴隐舟只笑不言，还不等有下一步动作，膝盖上传来了一股推力——楚楚插进了他们之间。

"你没机会！"

"晏南！是晏南！"

不知是谁喊了一声，随即几个人跑了过来，迅速将她围了起来。

晏南看了一眼被裴隐舟迅速抱到一边的楚楚，莞尔一笑："大家注意安全。"尽管退出了娱乐圈，面对粉丝，她还是保持着一贯的关心和感谢。

"晏南姐姐，我可喜欢你演的戏了，你为什么要退出娱乐圈啊？"

"晏南欧尼，合个影可以吗？自从你退圈之后我都没刷博的兴趣了。"

"晏南，晏南，签个名吧……"

……

最夸张的一个男粉竟然当场哭了，说终于见到女神了。

一时间，外面的人也听不到晏南的回答了，只看见她人站在那里，笑得淡定自若。

她一边跟他们合影签名，一边叮嘱他们要小心，说要是有看上的花，可以告诉她，她送。

几个朋友在旁边无奈地摇了摇头，都说铁粉最贴心，也最可怕，眼睛毒得哪怕你化成灰他都能认得。

裴隐舟松开不满的楚楚，站在旁边悠然地看着她。

为了跟粉丝合照，她特地取下了那副遮住她大半张脸的墨镜，大方露出自己的素颜，皮肤在灯光下白得发光，紧致又精致，一双眼睛带笑，像个充满活力的小姑娘。

正想着，他看见一个男人急匆匆地从旋转楼梯下来，似乎是被楼下的动静所吸引。

裴隐舟看着男人走过去，挤进几个人中间。

他突然觉得不对。

一声"小心"还未出口，那男人已经眼疾手快地伸出手去。

晏南看了他一眼，却往相反的方向侧身，使得男人手中的咖啡避开了粉丝，也避开了她背后的花，只泼在了她身上。

粉丝都震惊了，裴隐舟站在原地，眼底有怒气，也有迷惑。

"你这个小三，还敢光明正大地出门！你知不知道因为你，姗姗闹自杀了！你还有没有点廉耻，你这样的女人，就该放回娘胎里重新改造！别再出来祸害别人！"他口中的姗姗是近两年有点小名气的影星，底子不错，苦于打了副烂牌。

晏南沉着地站在那儿，对楚楚摇了摇头，略微皱了皱眉。

她能接受比刚才更大的骚动，也能接受比现在更狼狈的情况，但是她不希望当着楚楚的面，让孩子因为那些不堪的言论而难过。

裴隐舟并未立刻走上去，而是找了身边最近的店员，在她耳边说了几句话。

店员点头，迅速跑了出去。

他听见晏南的声音，淡定而自信："先生，娱乐圈水深，入戏不要太深，您说的姗姗，我和她只合作过两部戏，而她的男朋友，我只见过一面，如果说她真的是因为我而闹自杀，那只能证明她没本事。"

她顿了顿，镇定地开口："娱乐圈看图说话捕风捉影，作为看客，您记得带上脑子。"

她情绪有些不佳，只有对没有口德不带智商的人，她才不会嘴软。

男人被晏南说得一愣，刚要反驳就被花店的人给"请"了出去。

"晏南姐姐，没事吧？我……我给你借衣服……"

裴隐舟拍了拍粉丝的肩，朝她安慰地笑了笑。

刚跑出去的女店员气还没来得及喘匀，脸上已经挂上了招牌式微笑："抱歉，晏小姐，给您带来了不好的体验，先把衣服换下吧，我们马上送去干洗店。"

她说话的同时，已经有店员开始处理地上残余的污渍。

井然有序，像经过排演一样。

晏南换好衣服，刚被女店员带着入座，就听到一阵清亮的声音，随后走出一个娇小的身影，头微仰着，有点傲。

"听说你刚才被泼咖啡了？"

3.

一边，一波未平，一波又起。

另一边，平静似水，波涛暗涌。

陆予森看着天边一道惊雷劈下，灰沉沉的天立刻透亮起来，下一秒，又恢复寂静——

他透过窗帘看了一眼，苏茶还站在楼下，似乎没有动过，背对着他，小小的身影抱着自己，似乎还有些颤抖，却固执得连背影都带着一股子偏执。

正看着，雨点已经落了下来，越来越急，越来越大，地面很快就湿了一片。

陆予森眉头微蹙，薄唇抿成一条线，指尖稍微用了点力，在纤薄的纸张上留下了一小条褶皱。他盯着那个影子，又松开手，用指腹将纸张抚平。

所有的动作都在证明，他心里的不平静。

好一会儿之后，他收回视线，将书放回床边的柜子上，下楼开门。

"进来。"

鹅卵石铺设的小路一直延伸到门口，两边都是盛放着的玫瑰，香气满溢，却一点不觉得腻。

苏茶走得又快又稳，进门之后还甩了甩头发，用手抓了两把，凌乱得恰到好处。瞟了一眼玄关，并没有看到拖鞋，她干脆脱了高跟鞋赤脚走进去。

地板是木质的，比瓷砖温一点，苏茶背着手，像在打量自己的家。

一样的格局，晏南家偏温馨随性，他家更沉静自然。

蘑菇色的墙面，电视墙的部分挂着幅白框裱起来的莫奈《睡莲》，奶白色的地毯，一盏圆盘状的落地台灯立在一旁，光线正对桌上一束养在水中的白色紫罗兰。

只有工作桌前的墙壁是灰蓝色，桌上整整齐齐地摆放着书籍、笔记本、显微镜以及不知名的用透明盒子装起来的样本。

苏茶想象了一下他工作的样子，抬手想碰一碰旁边长得正好的绿萝。

"别碰。"陆予森背对她坐在灰色沙发上，面前放着电脑和翻开的英文书，"地板不能沾水。"

她刚才淋了一小阵雨，衣服滴着水，本就包身的短裙微微贴紧了身体——总得先把自己弄干吧。

苏茶问："有吹风机吗？"

一阵噼里啪啦的打字声后，陆予森从沙发中站起来，在柜子里翻吹风机。

他的背宽阔而有力，隔着薄薄的家居服也能感受到肌肉。

苏茶有些口干舌燥。

她对现在的发展还是很满意的，面前的这个人，其实只是不知道该怎么跟别人说话而已。

"我师兄啊，就是嘴上厉害，心还是软的。"

贝贝那个家伙，说得还挺中肯。

陆予森回头的时候，她脸上已经换了另一副笑容，清丽又平和。

"给。"

苏茶看见他眼底闪过一丝不耐，似乎是因为自己的出现打扰了他的工作。

她接过吹风机，一路走向浴室，觉得空气里都加了糖。不管怎样，他没有将她赶出去，还跟她说了话。

陆予森听着脚步声渐远，心一点点松了下来，直到"嘭"一声门响，他才呼出一口气。

身后的水声淅淅沥沥，他瞟了一眼旁边的背包，从里面拿出一副耳机，刚安静一会儿又扯下来。

他忘了说，浴室里有附赠的洗浴小样。

"喂——"他张张嘴，也不知道现在该如何开口，干脆重新戴上耳机。

苏茶在浴室，洗到一半习惯性地想去拿洗发水和沐浴露，手伸到一半又很快缩回来——生活物品是私人的东西，陆予森应该不喜欢别人随意动。

迅速地冲完澡，她将衣服套在身上，吹头发的空隙也吹吹衣服。热风吹得人有些躁，她盯着镜子，恍惚想到了陆予森的背影。

她觉得自己在找事，就好像面前放着个神赐的潘多拉盒子，明知道里面放着危险的东西，还是忍不住地一看再看。

中了毒一般。

二十分钟之后，苏茶打开浴室的门，站在地毯上等脚上的水被风干。过程中，她的目光又搜寻了一遍房里的植物。

说多不多，每个单独的空间都干净整洁，不杂乱也不拥挤；说少不少，桌子、木架、肉眼可见的角落，都是花花草草的影子。

感觉——像是住在森林里。

"放回去？"经过陆予森身边的时候，她问了一句，见对方没有要回应的意思，便自己走过去放好吹风机。

这本来也没什么，只是她的裙子贴身，蹲下去的时候，姣好的身姿无可避免地落进了陆予森的余光。

"你吃东西了吗？我饿了，借厨房用用。"重新站起来，苏茶脸上又挂上了一抹淡薄的笑，垂着眼睛看他。

陆予森没有说话，手指在键盘上飞快地跳动，一双眼睛只盯着屏幕，脸部轮廓稍显冷硬。

苏茶已经习惯了陆予森的沉默，就当他默认，抬脚往厨房走去。厨房整洁干净得好像从来没有用过，她往旁边的垃圾桶里看了一眼，里面还有一个压缩饼干的包装袋。

略一皱眉，她又转头看了一眼陆予森——对花花草草那么讲究的人，对自己却一点也不上心。

拉开冰箱，里面的东西一览无遗：一盒没开封的鸡蛋、半袋米、两把面和占据了大半冰箱的牛奶。

苏茶顿了顿，拿了一小把面和一个鸡蛋，再往锅里放了一小把米："煮了稀饭，不一定好吃，但会比饼干加牛奶好一点。"

一阵有条不紊的忙碌之后，苏茶端着一碗面，在餐桌前面坐下，筷子是新的，似乎是特地为客人准备的。

她坐的地方刚好可以看见陆予森的一小点侧脸，他戴了副淡金色框的眼镜，垂着头，半卷的头发落下来，衬得脸部轮廓柔和了一点，安静又认真，是很容易让人动心的类型。

一手撑着脑袋看他工作，一手夹起面和鸡蛋往嘴里放，倒是悠哉又享受。

陆予森埋头工作，如果不是背后的香味，他几乎忘了苏茶的存在。但他很快重新沉浸到工作里，一不小心已经两个小时过去。

外面天色已经渐渐暗了下来。

将文档和资料保存好，他取下眼镜，揉着鼻梁站起身，转头的时候，正好对上苏茶的双眼。

"忙完了？"苏茶问。

她目光懒洋洋的，整个人也是很舒适的状态，剪短头发之后，脖颈显得更加细长，让人想到高傲的天鹅。

"嗯。"陆予森也不知道自己为什么要回答她的问题。

　　但很明显，因为他的回答，苏茶眼底的得意更明显了，她放下撑住下巴的手，微仰着头，指了指他放在桌子上的电脑："可以借我用用吗？"

　　她一直这样，看似在问他，语气却是轻描淡写懒懒散散的，他的回答反倒是多余了。

　　奇怪的女人。

　　"工作台的东西不要动，其他的用完放回原位，走的时候关上门。"他伸手扯了一把衣领，音质低沉而性感，不自觉就撩得人心荡漾。

　　苏茶瞟了一眼那台子上的东西，道了声谢，随后也不管他，自己坐到沙发上打开了电脑。

　　那样子，好像她才是这家里的主人。

　　"对了，你有没有充电器？"她晃了晃自己罢工的手机。

　　陆予森指了一下柜子，他记得上次贝贝落下的充电器收在那里面了。

　　苏茶笑了一下，说："晚安。"

　　陆予森转身上楼。

　　喊——

　　他们很熟吗？

　　半夜，楼下传来"嘭"的一声响。

陆予森睡眠浅，听到动静的时候已经睁开眼，短暂的缓冲过后，他又皱了一下眉——她难道还没走？

想着，他已经下了楼。

客厅的电脑还开着，屏幕的光照见蜷在沙发下的小姑娘，头靠在桌角，短发把脸遮了大半，只能看见柔和的下巴。

睡个觉也能把自己给睡到地上？

陆予森咳嗽了两声，地上的人却丝毫未动，睡得不是一般的沉——算了，好歹有地毯。他转身就要上楼。

然而一转身，他看见了厨房，想起她做的稀饭。

……他不喜欢跟人接触，有一小部分的原因，就是因为这不能拒绝的人情。

陆予森脱下身上的外套返回去，蹲下去将外套搭在她身上，就着外套抱起她。

她比看起来更轻，呼吸也轻，抱在怀里像是在抱一只猫。

然而，就是这只猫，下一秒用自己的手圈住他的脖子，她稍微用了点力，而没料到她会突然醒了的陆予森被她的动作扯得晃了一下，随后迅速地单手撑地，避免自己扑倒她。

他的视线也因此落下来，看进她的眼睛。

一个满是得意，一个满是愠怒。

两张脸不过两个拳头远的距离，能听见彼此的呼吸，甚至，因为屋里的安静，还能听见隐约的心跳声，不快，却逐渐合拍。

苏茶在这一瞬间，有种奇妙的感受，就像音符找到了契合的节奏。

"你是故意的？"

苏茶从他平淡的语气里毫无意外地听出了冷意，额头的伤隐隐作痛，她毫不在意地笑："对呀。"摔下来虽然是意外，但听到脚步声躺着不动等他上钩，确实是她刻意的。

散漫的语气，好像在说一件理所当然的事。

陆予森的手指顿了顿，一个用力将她抱起来，往沙发上一扔——沙发足够软，他有计算过力度和位置，边边角角也不会碰到她。

"幼稚。"

苏茶揉着额头，瞥了一眼桌角，嘴角不自觉地扬起："心情好，就不跟你计较了。"

盖好外套，接下来的下半夜，她睡得格外安稳，鼻尖始终有淡淡的清香，也不知是来自满室的植物，还是来自身上的外套。

第二天，她被厨房的动静吵醒，翻身坐起，看着在厨房忙碌的陆予森，想到了晏南以前经常挂在嘴边的一句话——在中国，有什么事情是饭桌上解决不了的？

"我来吧。"一看他就是不怎么会做饭的人。难得的是，他竟然什么都不说地将厨房让给了她。

苏茶想了想，决定做最简单的荷包蛋汤面。

其实她也只是半吊子，平常也不下厨，晏南常警告她，叫她不要烧了家里的厨房。只是在陆予森的衬托下，她的手艺似乎也好了点。

手上有条不紊地做着事，余光却一直在打量旁边漫不经心看书的人，毫无波澜的脸，毫无波澜的嘴角。

稀松平常的白天，她穿着他的外套，在他的厨房准备两人份的早餐，他坐在一边，自顾自地看书，两人相对无言，竟也不尴尬。

有种在同居的感觉——

苏茶勾了嘴角，将面盛好，放在了他的面前："手艺一般，不要嫌弃。"

"嗯，是很一般。"他指的是卖相。规规矩矩，指不出哪点好，也说不出哪不好。

就是很一般。

苏茶用力地捏了捏手里的筷子，没有跟一个不善言辞的人一般计较。

"对了，你——"

话还没说完，手机先响起来了。她瞟了一眼，竟然是上次跟她交换了号码的贝贝。

"小薄荷，你帮我看看我师兄在不在家，他不接我电话，我找不到人……"贝贝火急火燎地嚷着。

苏茶瞟了一眼旁边安静吃面的陆予森："他在。"说完她想要将电话拿给他，想了想又收回来，说，"就在我对面。"

"什么？你们在一起？这大清早的，你们怎么会在一起？难道你们……"

"贝贝，我们在吃饭，晚点你打给他。"

陆予森的动作顿了顿。

他抬起眼皮看了一眼对面的人，她一边吃面一边接电话，说话的声音软软的，眼神也懒洋洋的，整个人跟在他面前张扬大胆的样子很不一样。

所以，她刚才那番容易让人误会的话，到底是有意，还是无意的？

"怎么了吗？"苏茶挂断电话，对上陆予森的视线。

陆予森沉默，继续低着头吃面——没什么。只是想到贝贝那张嘴，有点头疼。

"走了。"关上门之前，苏茶还在朝陆予森挥手，她穿着件oversize的牛仔衣，整个人阳光又惹眼。

端着椅子躺在院子里敷面膜的晏南咳了两声，说："怎么样，有没有进一步的发展？"修长的双腿交叠着，日光下白皙如玉。

苏茶看了一下时间，往她腿上一坐："自然是——有的。"

晏南坐起来，用手指挑着她的下巴，语气轻佻："那你打算怎么谢我？以身相许？"

苏茶瞥她一眼，故作高冷地移开下巴："想得美。"她才不要去当免费保姆，保姆这活儿，留给晏亓比较好。

"不过，晏南大影后，您什么时候……改行当红娘了？"

晏南笑了一阵，抓住要去收拾的苏茶，说："对了，有件事儿，问问你的意思。"

"什么事？"

"你愿不愿意接一份工作，当特邀编剧和摄影师？"她没记错的话，苏茶以前是玩摄影的，在圈子里还有点小名气，后来不知为何就放弃了。

"啊？"

"地点在 Try To Love 花店。"

"啊。"

苏茶需要考虑考虑。

4.

办公室里除了噼里啪啦的键盘声，就是因为选题而引起的争论声，单调又乏味。

简宸走到撑着脑袋在偷睡的苏茶身边，用手指戳了戳她的手臂。

"师父——"

苏茶眼也不睁，语气懒散，一副不愿搭理的样子。

"有事就说。"

"我表姐结婚，下午要请假，部长说，要是有人代替我去跑任务，就准我的假。"简宸又在用手指戳她的皮肤。

苏茶抬手推开她的手指，这才缓慢地睁开眼，心不在焉，偏偏又让人觉得凌厉："别人能用的请假理由，你都用得差不多了。"

简宸吐吐舌头。

"准了。"苏茶心情好，也不想待在枯燥的办公室。

简宸高兴地抱着苏茶的手臂晃了半天，直到苏茶受不了推开她。

要去的地方是市医院。

简宸说，是一个男人深情守护重伤昏迷的女友的新闻。

过去的路上，苏茶撑着脑袋又在睡觉。

"苏姐，你昨天撞到墙上了？"随行的小杜看见她额头的红肿，小心翼翼地问她。

苏茶眼也不睁地"嗯"了一声。她其实也不是困，就是无聊了。

"师傅停下车。"小杜对前面喊了一声，等车靠边后就要下车，"我去买消肿的药。"

"不用——"

"这怎么可以，女孩子都娇贵，伤着可不好。"

她觉得小杜热心肠得过头了。

她到病房门口的时候，叫陈明的男人正局促地站在门外。

苏茶习惯性地打量了一下陈明，四十出头，一米七，板寸头，宽肩窄脸、浓眉泡眼，目光落在右下方，不时地摩挲双手，听到脚步声抬起头之后，第一反应是退了半步。

"陈先生。"苏茶面不改色地走过去，脸上挂着职业式微笑，"我是 GY 社会部的记者苏茶，想跟你聊聊你跟你女朋友的事。"

陈明这才扯了扯嘴角："苏记者，辛苦了……"

采访完毕，苏茶站在外面刷手机。小杜拿了瓶水过来："苏姐，渴了吧，喝点水。"

苏茶抬起眼睛瞟了一眼："谢了。"说完她又转头看向自己的手机。她正在刷微博，昨天她又收获了八万六千五的赞。

照这样下去，说不定自己辞了工作改行做个网红，也比现在赚的钱多。

"这个叫陈明的，是做什么的？"苏茶随口问道。

小杜靠在墙上，扭头看了一眼病房里背对他们照顾女友的男人："听说是开酒吧的，就在平遥大街那边。"

"哦。"那好像也是成末警局负责的区域。

"怎么了吗？"小杜问。

苏茶摇头，继续低头刷微博："你平常下班都做些什么？"

没料到一向高冷不爱搭话的苏茶会问自己这个问题，小杜惶恐多过惊喜："就……打打游戏，看看剧，在家待着……"

他听见高跟鞋的声音，转头才发现苏茶已经走向过道尽头。

"喂？"苏茶趴在窗口接电话，抬头看云卷云舒，下巴弧线柔和而干净。短发被风吹乱，落在脸颊上，痒痒的，她用手抓了两把，实在没办法，干脆背过身靠在窗口，身体微微向外，一双眼睛不知瞥向何方。

陆予森去接水，透过门上的小窗，正好看见她，穿着蓝底白条的工作服，懒懒散散，在跟谁讲电话。

看口型，都是三两个字往外蹦，脸上带着点温和的笑。

"小森啊，你在看什么？"病床上的韩远信嗅到点不太寻常的气息，好奇地问。

"没什么。"陆予森走回来，确认了一下点滴的速度，一副什么事都没发生的样子坐下来看资料。

韩远信叹了一声："你呀，也别看了，年轻人，要多出去走走，你打电话给贝贝，找他玩去。"

陆予森："……"

采访结束得比较早，苏茶提前回了家。

　　远远看见一辆陌生的车停在陆予森家门口，黑色凯迪拉克XTS——对面这门，除了贝贝进过，还没见别人进过。正好奇着，门内突然响起摔东西的声音，夹着男人压抑的怒吼。

　　苏茶一怔，来吵架的？略一停留，她转身开门进屋："对面……"

　　屋子里只有晏亓。

　　晏亓听到声音抬头的片刻，屏幕上的英雄已经阵亡："我姐今天不回来吃饭，晚上你想吃什么，我来做。"一气呵成，罢了还低着头将面前的蛋糕往她的方向一推，继续游戏，"顺路买的，巧克力蛋糕。"

　　她爱甜点，尤其是巧克力蛋糕和提拉米苏。

　　苏茶也不问刚才没问完的话了，走过去揉了两把他额前的头发："还是小亓贴心。"

　　她有些心不在焉，还在想着对面的争吵，并没有看见晏亓低头时的偷笑。

　　上楼工作到一半，苏茶听见楼下车子发动的声音，旁边的手机一闪，是晏亓发来的微信——想吃什么，我去买菜。

　　苏茶快速地回了几个字，埋头继续未完成的工作。

　　两分钟后，她停下来，起身去阳台看了一眼，带上切好的蛋糕下了楼。

门铃只响了两声，门开了。

"陆予……"苏茶看着防盗门里露出的那张脸，一头鹤发还带着笑，"您是？"她没料到开门的会是一个老爷爷。

"都说是无关的人了，爷爷怎么还开门？"老爷爷背后传来陆予森无奈又温和的声音。

跟以往截然不同的声音。

苏茶眯起眼睛，什么叫……无关的人？

"爷爷好，我是住在对面的邻居，来送蛋糕的。"小姑娘笑得天真无邪又真诚，叫人拒绝不来。

陆予森瞟她一眼，目光冷得像寒冬的雪："不吃。"

苏茶撇撇嘴，她好心来关心邻居，他怎么就二话不说赶人呢？

"你不吃爷爷吃啊。"她将蛋糕递向眼巴巴盯着的陆爷爷，一个箭步赶在他关门之前进了屋。

屋里还有些狼藉，地上有碎掉的瓷盆和四散的土。

苏茶看了一眼正低头跟陆爷爷说话的陆予森，赤脚走过去，默不作声地拿起旁边的扫帚。

小姑娘瘦瘦小小，低着头，微抿着唇。

陆予森凝眸，快步走过去夺过她手里的扫帚。

"不用麻烦。"他声音也冷，还带着嫌弃。

没见过这么不识好歹的人。

空气安静了几秒，苏茶抬脚去找陆爷爷，爷爷正吃得高兴，看见她来，兴冲冲地问她："你也要吃吗？"

他声音苍老，却带着孩童的天真，让苏茶的视线多在他脸上停留了几秒。

几句话下来，她已经有了结果。

——阿尔兹海默症。初期。

"下次可以带草莓蛋糕吗？"陆爷爷扭头对她笑。

苏茶点头，抬手抽了一张纸，帮他擦掉嘴边的奶油："爷爷要是喜欢，可以随时让陆予森联系我。"

"小森啊，小森也很喜欢吃蛋糕，我出门的时候，他还经常追在我后面，叫我一定要给他带蛋糕，有一次我忘记了……"

陆予森动作一顿，出言打断："爷爷，那都是二十年前的事了。"

苏茶不管，她觉得很有趣："忘记了，然后呢？"

陆予森正好转身，小姑娘的眼睛亮晶晶的，像有星光。

"然后啊，他就哭着跟他奶奶告状了，害得我都没能吃到最好吃的红烧土豆。"陆爷爷声音带笑，一切好像就在眼前。

苏茶以前听说，患了这种病的人就像脑海里装了一块橡皮擦，会被擦掉多余的记忆。

她不知道是不是真的那么浪漫，只想着，至少现在看来，陆爷爷记得的都是最美好的时光。

"还有呢，还有呢？"她没想到会有意外的收获。

陆爷爷喜欢看她笑。

"以前我们住在林子里，人少，没人跟他玩，他就去跟小花、小草、小兔子玩，有一天啊，有个迷路的小家伙走到院子里，他看别人哭了，心一慌，连忙把自己的衣服递过去，他奶奶还高兴，说他心善。

"结果等我把人送回家，他光着身子趴在奶奶腿上哭，嘴里含混不清地喊着'我的新衣服……我的新衣服……'，他奶奶又心疼又好笑，第二天就催着我下山给他买衣服……后来那小孩又来，他干脆躲着不出门，生怕又被人弄脏了衣服。"

苏茶弯着唇笑，目光还不时地往陆予森身上瞟。

"原来他还有这么有趣的一面。"苏茶冲陆予森眨眼睛。

陆予森垂着眸给陆爷爷盖毯子，他说累了，眼皮一耷一耷的。

陆爷爷说："是啊……不过他也不是那么爱哭的，后来我才知道，他就是想撒娇了，爸爸妈妈都没在身边，我跟他奶奶又都每天围着植物转，他呀，寂寞了。

"小森以前怕黑，又好强，不愿意说，好几次都是他奶奶哄着骗着才肯跟我们一起睡的，等他睡了，我跟他奶奶拉开他的袖子，手臂上都是一排排的指甲印。"

……

陆予森语气轻柔："爷爷，您累了。"

苏茶蹲在沙发前，拿来小枕头放好，手背上是老人温暖又干瘦的手掌，轻轻地拍着，像儿时爷爷的手掌。

"听够了吗？"正想着，头顶传来陆予森的声音，随后一个黑影覆下来，骨节分明的手指擦过她的头发落在她背后的沙发上。

鼻尖是青草和阳光的味道，眼前是精壮有力的肉体，刀刻一样的线条，流畅分明。

她……心跳有些失控。

苏茶不自觉地跌坐在地上，头靠在沙发上，用力地睁大眼睛，陆予森又凑近了一点，目光盯着她，似笑非笑。

你——不是很大胆吗？

脑海里一闪而过这句质问，苏茶怔了怔，恍然回神，她刚才竟然被撩到？

"在想什么？"陆予森哼了一声。她以为他要做什么？扑倒她？亲吻她？

自作多情。

陆予森伸手拿了沙发上叠好的毯子："听够了就回去。"

"哈？"

她又被赶了？

果然还是难相处。

5.

离开的时候已经九点。

苏茶看了一眼手机上的未接来电,她出门的时候没想到会遇到陆爷爷,会听他说这么久的话,晏亓打电话来的时候,她下意识地挂了电话,而晏亓也没有再打来。

回去要怎么说呢?他不会还等着她吃饭吧?

苏茶心里生出一股愧疚感。

正想着,手里的手机振了起来,她以为是晏亓,却不想那头是今天给她留了电话的男人。

"喂,苏小姐吗?你白天不是说要见对面酒吧的老板吗?我刚看见他进去了。"

苏茶盯着路灯下自己的影子,脸上已经换上了嘲讽的笑意。

果然,她的猜想没错。

"好的,谢谢您。"

挂断电话,苏茶在微信里跟晏亓说了一声,转身往酒吧赶。

……

"陈先生,我好像看见你女朋友的手指动了。"

"怎么会……我是说,医生说她暂时不会醒过来……苏记者,你是不是看错了……"

"……"

"苏记者，你也累了，今天就到这里吧。"

……

先不说她有没有看错，当时的情况，难道不应该立即叫来医生确认情况？不应该欣喜吗？

但陈明的表现，与其说是惊喜，不如说是慌张更贴切。

城市的灯火掩住了星辰，黑色的天幕被染成了一片红一片蓝，凌乱地拼凑着，没有一丝美感。苏茶仰头看了一会儿，觉得索然无味，伸手关了窗户。

撑着脑袋闭上眼，出租车不知不觉就到了酒吧外。

司机师傅提醒她的时候，她正因为莫名跑到她脑海中的那双眼睛而走神。

下车后，耳朵里是嘈杂的音乐声。一排过去，全都是酒吧和烧烤摊，提着酒瓶走得摇摇晃晃的人夸张地叫嚷着，叫得人一颗心有点烦躁。

"小薄荷？"

苏茶朝右手边扭头，瞧见了朝她快步走来的贝贝，他穿着宽大的白色卫衣，上面用黑线绣了"Code Geass"，脸上带着笑，是青春正好的样子。

"哟。"他抬了下右手，看看她又看看酒吧，"你怎么在这里？"

"来酒吧当然是喝酒了。"苏茶理所当然地笑，抬脚继续往里走，"请你喝酒，喝吗？"

"……要。"

贝贝本是过来给一个哥们儿撑场子，现在见到苏茶，当然二话不说跟了进去。

乌烟瘴气的环境，苏茶捧着杯特拉基日出，心不在焉地跟贝贝说话。

闲聊了一阵之后，贝贝终于憋不住，开口问："那天你说你跟我师兄在一起……你在他家里过夜了？"

苏茶眼睛四处瞥着，也不知道到底是在看什么："嗯。"

贝贝咽了咽口水，还是很惊讶："你跟我师兄……有没有……我是说，你们现在是什么关系？"

他这么一说，反倒把苏茶给逗笑了，她挑着眉毛冲贝贝笑了笑："你猜。"

贝贝有些傻了。

借口去卫生间离开，苏茶跟着陈明，一路到了后门，还没来得及伸头查看，便听见一个声音："你在干什么？"

苏茶一惊，正在摸手机的手插在口袋里没能抽出来。

"谁允许你打包店里的东西带回去？"恶狠狠的声音之后又

是一声闷响，夹杂着女人的求饶。

　　苏茶缓过神，十分迅速地摸出手机，用视频拍摄查探外面的情况。昏黄的灯光下，男人毫不留情地用拳头和双脚招呼着女人，一边施暴一边还说："闭嘴，要是被人听见的话，你就给我滚蛋，你儿子也别想好过！"

　　女人低声的求饶不断刺激着陈明，他咧着嘴，像一只凶狠的豹："你们女人都是一样，一边说着对不起，一边还想着要逃！叫你们乖乖听话，你们要是听话，我用得着费力气吗！真麻烦……"

　　苏茶计算了一下自己冲出去救人成功的概率，用录像存证之后，收回手机，躲在暗处拨通了男人的电话。

　　她听见男人慌张的声音，也听见女人细弱的哭泣。

　　狠狠地握着拳头，苏茶稳住了自己的声音："你好，陈先生，关于你女朋友的事，我还有些问题……"

　　震耳欲聋的音乐声掩饰着复杂心事。

　　苏茶面不改色地穿过人群走回去，听见贝贝追问陆予森刚刚怎么突然离开，陆予森被问得烦了，就说去见了个熟人，于是贝贝又开始追问他见了谁。

　　"这么晚了，来喝酒？"苏茶坐到高脚凳上，喝了一口酒。

　　也不知道是酒太烈，还是灯光太晃眼，她分明看见陆予森看过来的眼神有一丝复杂，像在探究。

陆予森说："为了一个采访，你也是煞费苦心。"

苏茶无所谓地笑——她就知道，是错觉。

他呀，不近人情还嘴毒。

不管了，就算这样，她还是该死地控制不住自己看向他的目光。

那晚回去，苏茶一直熬到深夜三点，将拍下的视频和对相关人员的走访记录及录音整理打包，写了篇上千字的报道。

好在她的用心没白费，交上去的报道受到了高层的高度重视，部长亲自跟她聊了两个小时，交代她继续跟进此事。

过了一周，GY时报用两个版面来报道了"痴情男守候昏迷女友"的真相，警局人员也根据苏茶提供的证据调查掌握了陈明的罪证。

一时间，议论纷纷，风云不断。

陆予森坐在自家沙发上，想着那天晚上她醉酒的样子，明明喝得不多，却醉醺醺地往他身边凑，身上除了酒味，还有隐约的玫瑰香气。

低头滑着公众号下的评论，大多都是在贬斥男人行为的，只有寥寥几条，在斥责记者为什么站在一边录像而不是上前阻止暴行。

他关掉微信页面，在对方第三次按门铃之前，起身去给她开门。

不出所料，是苏茶。

"有事？"陆予森很快注意到对方手上提着的红酒。

她几次上门，不是端着蛋糕就是提着酒，到底是怎么样的一个女人，才会这么执着地把心思放在他身上？

"喝酒吗？"苏茶往他的方向凑近了点，头发上的玫瑰香气跟花园里的花香融为一体。别说，她仰着头打量他的时候，眼睛挺大的，还带着小姑娘般的狡黠和纯真。

这一发现让陆予森心口一震。

见他没有说话，她脸上笑意更盛，一张脸快要凑到他怀里。

未及盛夏，风吹起来还有些凉，她倒好，不是露肩就是露腿，穿得清凉，露出来的皮肤莹润洁白。

陆予森退了半步："你对每个男人都这样投怀送抱？"

"嗯？"

陆予森瞧了瞧她，又看了看她手上的酒瓶："动不动就拿着酒和吃的往男人家里跑。"

要说拿吃的过来还好，她还提着酒过来，而且不止一次。

"不是每个男人都喜欢主动送上门的女人。"

他言语冷淡，迫不及待地想要跟她划清界限，一张脸不带表情，微扬的下巴凌厉又孤高。

偏偏浑身上下散发着生人勿近气场的他，撞见的是看中目标决不松手的苏茶。

　　苏茶往他面前凑，勾起的嘴角快要开出花来："我知道，所以你是特殊的那一个。"

　　语气轻佻，眼神却是满满的认真，灼灼地闪着光，倒叫陆予森先退了半步。

　　察觉他就要丢盔弃甲，苏茶得逞地一笑，亮晶晶的眼睛看得人有些眩晕，她身高刚及他的肩，只是个小姑娘。

　　小姑娘没有趁机会进屋，反退了两步，转身踩上石子路，朝他挥手："我也不是谁都行的。"

　　话中几分真诚几分玩笑，他不得知。

　　前一秒还巴不得贴到你身上，下一秒就兴味索然地松了手，明明发间玫瑰的香气还没有散去，人已经走远。

　　她难道就那么随心所欲？

　　陆予森盯着那道背影，她穿了高腰的白色短裙，一双腿细又长。

　　"苏茶。"他喊。

　　眼前是小姑娘穿着高跟鞋，在拆迁小楼前的菜市场来来去去走了十几遍的身影，混杂在一起的残叶、血水和稀泥溅在她的鞋跟和脚背上，她眉也不皱，随意地拉着身边经过的人聊天，兴头上还会笑着说上几句方言。

　　软软糯糯的南方口音，叫人想起春日里柔软又荡漾的扶柳。

要说真正让他退步的，其实是她的执着，和看似无心其实有意的认真和细致。

苏茶不知道陆予森竟然撞见了她那天下午的调查，只惊喜他竟然会出声叫住她。

不是苏记者，不是苏小姐，是苏茶。

他第一次叫了她的名字。

那声音跟她想象的一样，清冷又撩人。

苏茶停住脚步，想要转过身去看他，谁知一个不小心，鞋跟卡在缝隙中，她晃了晃，差点扭了脚。

对面的人影似乎也晃了晃，抬眼一看，却又好像丝毫未动。

两个人隔着距离直视对方。

陆予森开口，薄唇一张一合："我接受你的采访。"

Chapter3 ▼
如果所有晚安都有回应

一生一次，一次一生，
对象都是你。

1.

苏茶接到晏南的通知，早早地收拾好自己，在客厅坐着等裴隐舟的到来。

外面有阳光，照见空气中缱绻的粉尘粒子。

晏南从厨房出来，看见桌前的人还在埋头选择等会儿要拿给裴隐舟看的作品。手里捏着几张照片，她皱着眉看了一阵，又跟桌上的对照了一阵，换了一张，过了半晌，又重新拿起那一张，换下了另一张。

　　"有这么难选吗？"晏南忍不住笑了。她只是想让苏茶顺便帮个忙，却不想对方看得比她还重，不仅换了比较正式的服装，还一个劲地跟自己的作品过不去。

　　"我觉得都挺好的，照片、剧本、视频，都挺好的。"晏南拍了拍她的手，少见她有这样纠结的一面。

　　苏茶自己也觉得有些过了。拍照和写剧本都是她学生时代就爱捣鼓的事，后来被桑青青软硬兼施地叫去学新闻，她便只能偷偷地做，有很长一段时间，她甚至连碰也没碰过。

　　现在再重新捡起来，总觉得有点不真实。

　　尽管知道裴隐舟跑这一趟只是为了更好地了解合作对象，好确定之后的合作方向，她还是慎重又慎重。

　　好不容易挑好了，苏茶才歇下来喝了口水，晏南也不打扰她，走到一边跟裴隐舟发信息去了。

　　几次交流下来，她觉得对方是个温和又有趣的人。

　　空气静了下来。

　　苏茶不知怎么就捧着自己封存了好几年的相机，坐在那儿发起呆来。相机是她高中的时候自己买的，那段时间，桑青青正忙着跟第二个老公闹离婚，没心思管她，她每天也不上晚自习，下午放学就跑没影儿了。酒吧、餐馆、咖啡厅，能做的工作都做过，再加上各种奖学金，这才凑齐了一部相机的钱。

虽然不是什么牌子，但一直被她当作宝贝珍惜着，也只有在这上面，她能专注，能一心一意。

"他来了。"

苏茶没有想到，传说中 Try To Love 花店的创始人竟然是眼前这个满满少年感的人。

白色圆领卫衣、黑色破洞牛仔裤、白鞋，简单的搭配加上一张初恋脸，干净又温和的气质，叫人很容易想到学生时代喜欢过的人，栗色的短发像是盛着阳光，笑起来眼睛弯弯的，亲切又暖萌。

"裴先生。"苏茶垂着眼睛，平静地跟他打招呼。

裴隐舟说："因为今天是来见朋友，所以穿得随意了点。"

苏茶抿了抿嘴，坐在沙发上等待他看完桌上的作品，其中有几张构图不是那么完美，但情感表现得恰到好处，她斟酌再三，还是留了下来。

裴隐舟仔细地看完所有照片之后，将它们整整齐齐地摞到一沓，放回桌面："看得出来，苏小姐是个有能力的人，但跟这些作品比起来，我更喜欢苏小姐本人带给别人的感觉。"

"哈？"

"像薄荷。"裴隐舟笑了笑，并不打算解释。

苏茶无言，倒跟贝贝取的昵称一样。

谈话很顺利，两人很快确定了合作。苏茶的第一个单子是花店的首支广告，主角是个最近靠着部网剧火了一把的小鲜肉，叫什么许又祁的，苏茶只有一个初步的想法，具体的拍摄方案需要双方见面之后再决定。

苏茶单手支在沙发靠背上，屈起手指在头皮上按了几下，轻松了不少。

裴隐舟笑她："你要是早点这么放松，我们应该会聊得更愉快。"他这个人，一向爱屋及乌，何况，他确实喜欢苏茶的性子。

苏茶似乎是在想什么，好一会儿过后，她开口打断裴隐舟和晏南的聊天："裴先生，你店里还缺人吗？"

一旁喝酒的晏南手指一顿，笑了。

裴隐舟瞧了瞧她，又瞧了瞧晏南，被勾起了兴趣。

"裴先生知道陆予森吗？"

苏茶心里想着，他们一个是贩售植物的商人，一个是研究植物的学究，都是跟植物打交道的人，要是此番能够合作，说不定会有意想不到的结果。

当然，她也有她的私心。

裴隐舟听员工提过这个名字，多少有点疑惑："你认识他？"

苏茶略一点头："住在对面的邻居，刚才听你说你有亲自种植的打算，他应该能帮上忙。"

进门之前裴隐舟倒是被对面的花园吸引了注意，但当时急着想见晏南，也没有多看，没想到竟然是陆予森的家。

"只是他脾气古怪，也不怎么跟人打交道，要让他跟你合作的话，估计得费一番心思。"

裴隐舟"哦"了一声，心里有了打算。

要是他跟对面的人合作了，以后来这里串门的机会岂不是会增加许多？

裴隐舟说："我等会儿过去见见。"

六七点的时候，外面起了风，院子里的香气散了出来，隔着距离也能闻见，裴隐舟从晏南家出来之后便去了对面，等待的时候，他细心地看了里面种的玫瑰，确实比大部分种植园的更好。

还不等他按门铃，里面的门先打开了，白头发老爷子快步走出来，一边走还一边嚷："我要去接小森了，天马上就黑了，他一个人在林子里等，他会怕的……"

围着围裙的男人跟着出来，语气温和地劝："爷爷，您先别急，我带您去接小森，我等会儿就带您去接小森。"

以往他这样说都有点用处，但招数用久了，老爷子也下意识地不信了："你骗我，你才不会带我去见小森，我要去接小森。"

老爷子看见站在门外的裴隐舟，像抓住救命稻草一样攥住他的袖子："你带我去接小森，你带我去接小森。"

裴隐舟稍一琢磨，猜到个大概。他长着张讨喜的脸，又爱笑，平日里没少讨长辈们喜欢，这时候被陆爷爷拉着，弯着身子就笑了："爷爷，您是要去山上接小森吗？"

"嗯嗯，小森在等我。"

裴隐舟轻声细语，手掌轻轻地拍着陆爷爷的背："爷爷别急，小森很快就回来了，我已经让人接了他，他说呀，要去买点好吃的回来，跟爷爷一块分享。"

"真的？"陆爷爷似信非信。

裴隐舟脸不红心不跳，笑得一脸真诚："真的，小森可孝顺了，他说让爷爷在家里等着，他很快就带着好吃的回来。"

安抚完陆爷爷，裴隐舟才抬起头，平视着神色淡漠还一脸警惕的陆予森。

无声对视过后，陆予森瞄了一眼对面二层的窗户，返身在二人之后回了屋。

"家里有牛奶和蜂蜜吗？"裴隐舟看得出陆予森对自己并不友善，却没有在意。

陆予森点头，声音有些冷："我去做。"

有了苏茶提前打的预防针，裴隐舟并不意外被这样对待，他搀着陆爷爷坐到沙发上，说些好玩的话逗得陆爷爷哈哈地笑。

陆予森在厨房里，心里难免受到震动。

爷爷自从患病之后，大多数时间是记得他跟奶奶的，只有小部分时间，记忆会停留在他们三个人在山里住着的时候。

但无论是什么时候，他都没有再听过爷爷如此爽朗的笑声，好像从奶奶走后，他长大了，爷爷就没有这样笑过了。

端着加了蜂蜜的热牛奶过去，陆爷爷已经被裴隐舟的话转移了注意力，喝了牛奶之后便有些累了，他被他扶着回房间睡觉了。

下楼的时候，裴隐舟站在木架子旁边，饶有兴致地看他那些花儿。

架子前的人跟他差不多大，不笑的时候气质沉稳，一看就是经历过不少的人，偏偏这个人，前一刻还在老人面前耍宝，像个没长大的小孩。

"有事？"陆予森并不觉得他只是刚好经过。

裴隐舟敛住嘴角的笑，眼神也跟着认真起来："我是 Try To Love 花店的裴隐舟，突然到访，是想问问陆先生，愿不愿意跟我们花店合作。"

陆予森示意裴隐舟坐下聊，他虽然冷漠，却也不是个不讲理的人，怎么说裴隐舟刚才也帮他安抚了爷爷。

"怎么合作？"

裴隐舟对陆予森的印象倒是不差，刚才一路进来，他都有仔细观察，无论是屋内还是屋外，植物都长得比寻常的要好。

他刚对花花草草感兴趣那会儿，一个花圃的老爷子告诉他，种花就跟交朋友一样，你对它上多少心，它便回你多少香，马虎不得。

这些植物长得这么好，陆予森必定在上面花了很多心思。

裴隐舟将自己的意思一一说了。花店发展势头正盛，每周都会从各地甚至国外购入大量花卉，而这些花卉需要有专人照顾，跟花店里的业余人员比起来，陆予森明显能做得更好。除此之外，跟陆予森这样的传统学者合作是他们从来没有尝试过的方式，他很期待陆予森的加入能够为花店带来一些新的东西。

他态度诚恳，说话期间也一直注意着陆予森的反应，无奈对方脸上风平浪静，什么也看不出来。

空气再一次静了下来。

陆予森坐在他对面，垂着眼睛看桌上的蓝松。作为多肉里的一种，蓝松以其独特的天蓝色叶片和强光下变紫的特质招了大批颜粉，而面前的这一株，蓝得更纯粹，光照下像宝石一样透着光。

"还有一个目的你忘了说。"陆予森用手边的壶往里加了点水。

裴隐舟抬头看着他，对方依旧语气冷淡："以两边最近的话题度，要是一起合作，多半能提高花店的曝光率和火热度。"

裴隐舟是商人，提出合作的基础自然是花店的效益。

"我不会跟你合作，按你的想法利用植物帮你赚钱。"

都是在跟植物打交道，裴隐舟想的是借植物之力让现代人享受慢生活，陆予森却是站在植物的角度，为它们抵挡来自人的伤害，在他看来，裴隐舟跟刽子手没什么两样。

看在刚才的事上，他才没有语气强硬地赶人走，但这已经是他的底线。

"你对我的工作是不是有什么误解？"裴隐舟嘴角带笑，眼神却已经变了。在他看来，学者清高，习惯高高在上地站在顶端做出评判，根本就不懂得深入生活。

尽管如此，他也不介意试试。

"我并不觉得我们之间存在太大的分歧，你保护植物，归根究底，不就是为了让人与植物和谐共处吗？我做的也是一样的事。"

陆予森瞟他一眼："自以为是。"

"到底是我自以为是，还是你闭目塞听？"裴隐舟反驳，遇到陆予森，他升起了难得的胜负欲，"是不是我所说的理，不试试看怎么知道？还是说，你不敢试？不敢承认自己的看法是错的？"

两人目光都还平和，却谁也不肯让步。

过了一会儿，裴隐舟站起身，对陆予森建议："这株蓝松长得很不错，但如果用水培，会更大程度地突显它的别致和美。"

他拿了旁边的笔和纸，在上面写了一个地址和电话："改变主意的话，欢迎联系我，或者，也可以亲自去我店里看看。"

裴隐舟一脸自信，好像吃定了他一般。

"不必。"陆予森看也不看，将面前的纸丢进垃圾桶，起身送他出门。

门口，裴隐舟看见背着吉他开门的晏亣。晏亣因为代表乐队去见赞助商，穿得正式了点，一米八的身高，背影看起来很男人。

裴隐舟多问了一句："他是？"

陆予森粗略一看："对面房主的家人。"

哦，原来是楚楚的爸爸。裴隐舟多少觉得嫉妒又失落。

2.

周末，苏茶躺在床上，跟贝贝聊天，主题都是陆予森。

苏茶问："他在做什么？"

贝贝回："在做祁远县的土壤分析，刚跟老韩争论起来。"字里行间都透着无奈。

苏茶脑补了一下画面，笑着回复贝贝："连自己的老师都不放过？"

隔了几分钟，贝贝才回："刚去阻止了一场大战……别说老韩了，就算是国际大师，在他面前他也不会给面子。"

苏茶："……"脾气是真大。

她在床上滚了一圈，抱住被子，侧趴在床上，问贝贝："教授还给他相亲吗？他到底有没有去见过？有没有相中什么人？"

贝贝看见苏茶的这一串话，忍不住笑出声来。

他跟苏茶聊过几次，表面是冷冷清清的小仙女，但其实也跟个小姑娘一样，面对上心的那个人，也会有热情和好奇。

他撇了撇嘴，刚打算回复，头顶一道凉悠悠的声音传过来："聊得很开心？我不是说过，实验室里不能做其他的事吗？"

想着自己刚才说的那一番话，贝贝赶紧将手机揣回了自己的包里，认错："再原谅我一次，下次不敢了……"

这样的话说了上百遍，没发现有一点改变，就连被陆予森气得吹胡子瞪眼的韩远信也剜了他一眼——没长进的小子！

陆予森垂眸："刚才我和老师讨论的，你有什么看法，周一交篇论文上来。"

贝贝缴械投降，就差没奔到韩远信腿边跪下："老韩……"

"没大没小的小子，我看你师兄罚得还轻了，这样，再把上次出去考察写的论文看一遍，以不同的方向再写一篇，周一一起交。"

"不用拦我，我现在就去跳楼。"

韩远信继续埋头跟陆予森说话，期间扭头看了一眼扒着窗框的贝贝："需要我来帮你一把？需要的话叫我。"

贝贝："……"

他真的是亲徒弟和亲师弟吗？

在实验室闹了一阵，贝贝被怕吵的陆予森赶了出去，正委屈着，就看见韩远信也被"请"了出来。

"哎，老韩，您怎么也出来了？又跟师兄提相亲的事了？"贝贝掐指一算，得意地笑起来。

韩远信冲着他的脑袋一巴掌打过去，却没能正中目标，只能瞪他一眼："你小子，只有这种时候最精，你说说你，要是有一分及你师兄，我用得着……"

贝贝眉头都快连在一起，连忙开口打断："怎么又开始教训我了？我跟师兄可不一样，至少不用您帮我操心终身大事。"

他长得讨喜，上学以来就不乏追求者，以前年轻喜欢玩，现在稍微沉下来了，打算找个合适的，毕业就结婚。

"不过，老韩啊，您也不用再给师兄准备相亲了，最近有个姑娘，对师兄很上心……"

话音还未落，韩远信已经一把抓住他的胳膊，力气大得他倒吸一口凉气。

"您别急啊，姑娘又不会跑……"

"说重点！"韩远信又往肉上掐了一把。

贝贝哭笑不得，更委屈了："要是真成了，您能答应我以后不打我了吗……您别急，我说！我马上说！她叫苏茶，是个记者……"

门外隐隐约约的声音搅得陆予森有些躁。

他从口袋里拿出手机，用百度翻了一下"Try To Love 花店"。

前身是在校大学生创办的线上花店，只在微博上进行宣传，不过半年时间，已经凭借它独特的审美成为花店中的佼佼者，得到了不少大牌明星的青睐和宣传，一年之后便有了第一家实体店，也就是蔷薇东街的那家。

他们的理念是一见钟情，无论是选货还是插花，都旨在勾起人一眼看上就想占有的欲望。

下面附着几张分店的装潢和部分插花作品，确实有自己独特的眼光。

陆予森沉默了一下，他不太确定，自己在裴隐舟走后又默默地捡起那张纸的原因，到底是什么。

3.

苏茶将自己写的广告策划递给裴隐舟，想要再跟他商量一下。她跟许又祁见过一次，又恶补了一下他的采访和电视，对这份策划还是有几分把握。

裴隐舟翻了几页，敲定了。

"找你果然是没错的，你很有天赋。"裴隐舟又笑着说，"怎么样？有没有兴趣考虑换一个工作，去我的花店上班？"

苏茶笑了笑，她何尝不想，到底是不能。

她又跟他说了几个细节，冲他眨眨眼，识趣地端着杯子去阳台上喝咖啡去了。

楼下没有陆予森的踪迹，她觉得有些无聊。

又过了几天，苏茶终于忍不住，将钥匙藏在了挎包最底层，去了对面。

她用手机照着，上上下下打量了自己好几遍，才满意地收好手机，按响了门铃——人不来就我，我便去就人。

门铃响了好一阵，里面的人才来开门。灰色的家居服，一双凉拖，头发有些凌乱，似乎是刚睡醒。

"又有什么事？"他明显不耐烦。

苏茶几乎贴着铁栅门，可怜兮兮："我又忘了带钥匙。"

陆予森面色冷淡，瞧了她好一会儿，将她眼底的心思看得清清楚楚。

也不知道是因为之前见识了她的坚持，还是别的什么原因，他转身往回走，一言不发地按了开门。

"咔嗒"一声。

苏茶心里雀跃，有门儿。

玄关放着双肉粉色的拖鞋，不等她发问，陆予森已经开口："去超市，爷爷吵着要给你买，说你还会来。"

苏茶了然，问："爷爷在睡觉？"

说完她自己先否定了，陆爷爷虽然年纪大，听力却并不差，要真在睡觉的话，也会被她吵醒，现在该跑来拉着她说话了。

"爷爷在老师那儿，有贝贝和老师陪着。"

苏茶"哦"了一声，四处看了看。

客厅的窗帘是拉上的，有点暗，桌子上的电脑停在待机状态，前面沙发上的抱枕还有隐约凹陷的痕迹，毯子也凌乱地皱着。

"你连续工作多久了？"

陆予森瞟了她一眼，不太懂她。动不动按他家门铃，管他的生活，自信自如得叫他有些嫉妒。

"两天零八个小时。"

要说男人最性感的，除了人鱼线、喉结，还有刚刚睡醒时发出的声音。低哑中带着点磨砂的颗粒感，像是年代久远的留声机。

苏茶在半明半暗中看着他。

"你该好好睡一觉。"抬脚走向客厅，她伸手拉开窗帘，外面的天光漏进来，略微有些刺眼，用手背挡了挡，指缝中露出的微红带了点温暖的触感。

外面阳光正好。

"我就在这儿待着，不上楼，你去睡吧。"像是怕陆予森误会她是饥渴难耐的饿狼，苏茶补充了一句。

那一瞬间回眸的一笑，像是凭空刮来的风，卷动了空气中不安分的某些因子。

陆予森转身，按住自己隐隐跳动的太阳穴，也不是很想搭理她：
"嗯。"

虽然已经有五十多个小时没有睡觉，陆予森却并没有睡得太沉，
两个小时后，闹钟才刚响，他便睁了眼。

下楼的时候，苏茶站在玄关，正弯着腰换鞋，她穿着宽松的棉
质长裙，弯腰的时候能够清晰地看见背上两块突出的蝴蝶骨。

"睡好了？"苏茶以为他会睡上一段时间，就没有多做停留，
却不想他现在就醒了，难免有些遗憾。

"嗯。"陆予森闻见饭香，扭头看，桌上有她熬好的粥。

"等会儿记得吃，没味道的话可以往里加点盐。"

轻描淡写，又带着温情，像是跟他最亲密的人，但偏偏两个人
不过见了几面而已。

陆予森对她莫名其妙的靠近有些茫然和抗拒。

垂下眼睛，他又"嗯"了一声。

两个小时，足够苏茶将客厅收拾好，亮堂堂的客厅，折叠整齐
的毯子，合上的电脑，跟刚才已经是两个样。

陆予森往前走了几步，像在送她出门。

苏茶心情不错，像是播下的种子终于开出了花，放在门把上的
手指稍作停留，然后一用力，拉开了门。

这边门一开，对面的人也出来了。

晏亓取下套在头上的耳机，神色复杂地看着踏出半只脚的苏茶：
"你怎么在他家？"

"忘了带钥匙，刚按了门铃没人开，还以为你没在。"苏茶走过去，
拍了拍晏亓的肩膀，见他要开口反驳，又补充了一句，"你姐都跟
你说过多少遍了，耳机音乐不要开太大声，对听力不好。"

晏亓沉默了一阵，他刚才明明没有听音乐。

抬眼看了看对面门里的人，又看了看她，晏亓返身把门打开，
声音有些沉："以后记得带钥匙。"

苏茶点点头，微抿着唇。

在晏亓面前说谎，总是有种心慌紧张的感觉。

她想，一定是晏亓太通透，太轻易就看清人的关系。

项目正式开始的一次见面会上，苏茶才知道陆予森已经答应了
裴隐舟的合作，她稍微有些惊讶。

裴隐舟趁着大家都不注意的时候，凑到苏茶的耳边，说："他
是个信奉眼见为实的人，来了两次，就站在外面看，也不知道看到
了什么，就答应了。"

苏茶没有去问陆予森，就像当初她也没有问他为什么要答应采
访一样。

对陆予森这类人来说，"为什么"三个字的意义仅限于学术范畴。

生活上的事情，问为什么，远没有结果重要。

"我也算帮了你一个大忙，你要是过意不去，下次也帮帮我。"

苏茶琢磨着，多半是为了追晏南。

以往苏茶不是没试过同时做几件事情，比如边追剧、边剪辑，还边检查写好的稿子，都不如现在这样费心力。

上次的报道加上陆予森的采访，让苏茶更受部长的重视，将一个女星半裸死于家中的新闻交给了她。因涉及的嫌疑人是个刚成年的外卖小哥，激起了广大群众的热烈讨论和关注，她不得不腾出大部分时间跟着成末，随时讨论案情的走向。

闲时又要跟许又祁的助理传达拍摄细节，敲定他当天的服装、台词，具体到每一个时段的表情。

她不止一次在电话里听见许又祁不耐烦的声音，还有小助理半讨好半安抚的声音。

身体累，心也累。

但毕竟是第一次做这样的事情，又是一直都在期待的机会，她还是忍着不规律作息带来的反弹，坚守在自己的位置上。

项目进行得并不顺利。

许又祁是初出茅庐的新人，第一部戏就获得了最具潜力新人奖，难免有些膨胀，拍摄的时候背不熟台词，表情也总是不对，被 Cut 了很多次之后，他开始各种找理由，嫌弃作为主题花的空气凤梨不够美。

"跟菠萝脑袋上那一丛有什么区别？"

许又祁接过小助理递过来的水，灌了两口，觉得被苏茶这么个籍籍无名的人指挥着，有些憋屈。

苏茶叫停，眉头微蹙着，也没有多说什么，跟小助理商量了一下，改天再拍。

许又祁"喊"了一声，不就是个名不见经传的小喽啰吗？

"也不知道老板从哪儿找了这么个女人。"许又祁暗道一声，心情不悦，起身就要离开，刚走没两步，被一根棍子绊了一下，差点面朝地面栽下去。

"谁这么不长眼睛！棍子放在路中央！"许又祁骂了一句，左右看了看，却没看到理他的人，心情更不好了，一脚踢开棍子，走得更快了。

苏茶瞟了蹲在龟背竹旁的陆予森一眼，他眉眼中似有冷霜，她仔细想了想，怎么也想不清楚，棍子到底是他不小心脱手而出的，还是他故意丢过去的？

而如果他是故意的……又是为了什么？

总不会是为了她吧？

苏茶敛住情绪，继续跟旁边低眉顺眼的助理说话。

"该说的我已经说了，要是下次许先生还是不能顺利拍摄的话……"

助理一脸冷汗，看一眼许又祁的背影，又看了看眉眼冷落的苏茶，匆忙保证："不会的，我一定会让阿许好好拍的，苏小姐放心好了。"

苏茶对他的话并不上心。

她走到一边，按着痛了好一阵的胃，觉得自己是在给自己找事儿。

大家在搬东西，她就拉了张凳子在旁边坐着，微微蜷着，小小的一团，藏在刚才陆予森待过的龟背竹下，不太容易看见。

陆予森隔着距离，在人群中轻易就找到了她的影子，他问旁边来"视察"的裴隐舟："有胃药吗？"

这算是……在关心某人？

裴隐舟一脸了然，让路过的员工帮忙跑了个腿。

"我还以为，你就是根不通人性的木头。"他说罢就要将手搭在陆予森身上靠过去，后者一闪身，差点没让他摔个五体投地。

"我只是不想欠人情。"陆予森声音凉悠悠的，目光像刀一样落在他身上，"还有，我们什么时候熟到可以勾肩搭背了？"

陆予森转身，推开安全出口的门，逆光中，他腰杆笔直得像个模特。

"喂，你不送药了？"

陆予森头也不回："没兴趣了。"

"……"

真小气。

收拾到一半，苏茶也走过去帮忙，刚跑了两趟，被裴隐舟拉住。

"身体不舒服就不要逞强，你是我请来帮忙，不是来打杂的。"裴隐舟按着她的肩膀，将她重新按回凳子上，亲自倒了水，将买来的药递过去。

灯光、笑容、温和的关心，这才是会让人动心的男人啊。

苏茶揉了揉眉心，但偏偏她还是看上了那个不解风情的人，抬头一笑，她道："你这样，是想让我在她面前说好话？"

小姑娘眼光倒是毒，但这种事，他现在怎么能做？

裴隐舟叹了口气，想起了什么："那天从陆家出来，我看到个男人去对面，他是谁？"虽然当时很受挫，但冷静下来一想，总觉得哪里不太对劲。

苏茶有了兴趣："你以为是什么人？"

"陆先生说，是她的家人。"

是家人，没毛病。苏茶点点头，又好心地补充了一句："不过不是你想的那种家人。"

裴隐舟松了一口气，过后又阴森森地冷笑起来："枉我这么好心地来帮他送药，他竟然骗我……"

　　旁边的苏茶含着药正要喝水，听到这里，也不皱眉了，嘴里的药都变成了糖，甜得她不自觉地勾起嘴角，眼波流转泛着光，得意又倨傲："所以，这药是他让买的？"

　　4.

　　苏茶绕路去看了晏元的表演，热血沸腾的场面让她的心也跟着火热了起来。

　　她看着台上一反常态、大放异彩的晏元，想到陆予森，冷漠、挑剔、不搭理人、没人情味儿，在那副巴不得拒人于千里外的面孔之下，是不是也有一张柔软温和的脸？

　　这样的想法让她在家门口遭到陆予森的冷嘲热讽时依旧咧着嘴高兴，并且很真诚地跟对方道了谢。

　　陆予森用奇怪的眼神问候她，心里有些躁，最近闲事管了太多，不像他。

　　那之后，平静了一阵子。

　　苏茶每天忙着台里的各种采访，麻烦又累人，闲了又要跟许又祁的助理敲定细节和再次拍摄的日期。时间不是花在工作上就是花在休息上，连微博也不常上了。偶尔登上去还看见粉丝在下面慌张地问：老大这是要退出微博的节奏？

陆予森照旧待在家里，每天对着几盆植物看来看去，闭上眼睛都是各种土壤水量、空气湿度，闲了也待在家里看书，活得像个八九十岁与世隔绝的老头。

一个没有纠缠问候，一个又有心避着，竟然也有一周多没有打过照面。

就连晏南都看不下去，在苏茶下了班照例蹿进浴室之前抓住她，一脸关切地问："你跟对面的小鲜肉掰了？最近怎么不见你兴致勃勃地往上扑了？"

苏茶抛给她一个不怎么熟练的媚眼——猎物不能追得太紧，何况，她又不是饥渴难耐。

晏南一把将她推进去，关上门。

没见过这么丑的白眼。

"算了，帮你一把。"

晏南靠在门边，挑着眼尾，慢悠悠地喝红酒，还不等她抬脚下楼，先听见了门铃声。

门铃响了几遍，没有人来开。于桃松了口气，娇俏的脸上也带了抹娇俏的笑。

正合她心意。

就在前几天，她去圈子里备受好评的 Try To Love 逛了逛，本来只想着随便打发打发时间，却刚巧看见了自己的绯闻男友许又祁。

他们有合作，公司嘱咐她要充分利用和对方的绯闻提高新戏的曝光率和话题度，心里虽然不愿，她还是拿出手机，打算打电话给关系不错的娱记，来拍她探班的照片。

电话还没接通，她目光悠闲地转了一圈。

都说缘分是猝不及防的，就是这一转，她看到了陆予森，后者拿着花剪，正仔细打理着晚点要运去棚里拍摄的花束，旁若无人，连头发丝都透着认真。

她目光一亮，也不打电话了，专心看他工作，他修剪整理了半个小时，她便在那儿站了半个小时。

好不容易打听到对方的住处找到这里，正是偶遇的好时机。

于桃收拾好情绪，转过身，往对面的门前一站："先生你好，请问你知道他们什么时候回来吗？"说话的时候下巴微扬，一双眼睛轻轻挑着，自信又张扬。

换作别人，多半会被她吸引，但偏偏对方是陆予森，院子里看书的人只抬头看了一眼，又垂下眼："不知道。"

没被人这样冷落过，于桃一时有些怔然，后面一句话还没说出口，便听见背后的门"咔嗒"响了，随即一声惊讶又了然的笑："桃桃。"

晏南靠在门上，瞧着对面的女生，穿着打扮很精心，光看背影都能想象那张脸上潋滟的光。

啧啧啧，这年代，小姑娘都喜欢主动出击啊。

"是你在按我家的门铃？"晏南手里还端着酒，眼神镇定而清亮。

陆予森瞟一眼，心想她为什么整天喝酒还不见醉。

最尴尬的是于桃，她没想到住在陆予森家对面的人竟然会是晏南，她的死敌。

于桃和晏南的梁子很早就结下了。

当时于桃是新人里最出挑的一个，被一大导演看中，指名要她演女主，她兴高采烈地跟家人朋友炫耀了一圈，期待一炮而红，却不想等来的是导演助理的通知，说临时换了女主，对方是晏南的闺蜜，而她成了一个只出境不到十分钟的路人乙。

初来乍到，她咬牙认了，努力琢磨演技，终于获得了好评，换来的却只是公司年会上，师姐晏南的一句"一般"。

再后来，每每她有好资源，必然有晏南的出现。她一度怀疑，晏南是故意在挡她的路。

"是。"

这当口儿，于桃再不想承认，也不能不承认。她眼底闪过一丝厌恶，要说她最讨厌的，除了晏南，就是被人叫"桃桃"了。她原名于桃桃，觉得叠词太土了才改成了于桃，偏偏每次晏南都一副亲近的样子叫她桃桃。

她们的关系有亲密到要用叠词吗？

于桃硬着头皮转身，眼里的怒气一下子转换成笑意："师姐，最近过得还好吗？"

晏南晃了晃杯子，深红色的酒液潋滟流光，想着上次花店"关心"她被人泼咖啡的时候，于桃好像也是这样的语气，笑中带刺。

"挺好的。"晏南看着小姑娘，人倒是挺有灵气的，就是太单纯太傻，"听说你最近接了部大制作的片子，还没祝贺你，恭喜。"

这话在于桃耳里听来十分讽刺，她笑了一声，说："多谢师姐。说来也巧，师姐好像是我的福星，自从你离开之后，来找我的导演都多了许多。"

晏南怎么会听不出来其中的暗讽。她穿着普通的家居服，不再是以前画报上百变又精致的样子，气势却是一点没变："虽然挺遗憾的，但还是要恭喜你。"

"不过不要懈怠了，小心被身后排着队的师妹们挤下去。"

于桃还是太年轻，不敌晏南那张嘴，不甘心地说了再见，也顾不上跟陆予森说话，转身就走，高跟鞋狠狠踩在地上，像要扎根进去一般。

她心里有气，不知道往哪儿发。

走到一半忍不住愤愤转头，看见晏南在二楼阳台，半倾着身子，右手捏着一个男人的脸，动作表情都很亲昵。

于桃发现了新大陆，得意地掏出手机拍了几张照，再抬脚的时候，步伐也变得轻快。

晏家阳台，晏亓被折射过来的光晃了一下眼睛，有些奇怪地朝着光源处看去，只看到一个迅速消失的身影。

"怎么了？"晏南伸出手掌在他眼前晃了晃。

晏亓收回视线，拍开自家姐姐的手："没什么。"

大概是他想多了。

5.

第二次拍摄定在周五。

经不住助理的软磨硬泡，许又祁在晚约定时间十分钟后到达了拍摄棚，现场灯光背景都已经准备好，门被推开的时候，所有人反射性地转过头，对迟到的大明星行注目礼。

许又祁一眼就看见了站在不起眼的角落里面无表情的陆予森，心里生出一计，他总算有了点兴趣。

苏茶走过去问他是不是可以拍摄了。

许又祁点头说可以，但拍摄过程中会更换两次他背后摆满植物的移动木架，他嫌员工做事不够仔细利落，点名要让陆予森来做。员工们面面相觑，觉得不妥，苏茶也皱着眉没点头。

许又祁明显有些失望，却也没过多纠缠。

上次离开之前，苏茶已经跟助理解释过为什么他们要选择空气凤梨作为主题花。许又祁的第一个角色是被外星人附体的高冷王爷，分裂般的演技让人看到了他的多重可塑性，而他也在多个场合表示自己不愿被贴标签，想有很多不同的挑战。

附身、独特、不拘一格，跟空气凤梨如出一辙，也符合他本身人设。

许又祁长得好，天生有镜头感，上次虽然不欢而散，这次却明显配合许多，无论是眼神还是台词，都很贴合苏茶的设定。

唯一的不足在于，他仍旧挑刺，来来去去让员工换了好几次木架。苏茶看不下去，叫停了几次。

"苏茶姐，我看他就是故意找事。"鸣不平的员工年纪小，认为老板都没这么为难过他们，凭什么要被一个八竿子打不着的明星欺负，"要是真的嫌他做得不好，换他助理做不就好了吗？"

苏茶觉得大家多少都还年轻气盛："再来一次。"

她看出许又祁下去之后有仔细琢磨过，人是烦人了点，认真和天赋还是有的。

苏茶站起身，示意员工下去休息，她自己上。

苏茶这个人，摸不透。

你刚觉得她热情如火，她就当你是陌生人；你刚觉得她懒散随意，她又变得认真细致；你刚觉得她大胆放纵，她开始怕打雷怕闪电……

陆予森靠着墙，目光盯着那道奶咖色身影，侧对着他，嘴角抿着，一双眼睛微透着光。她站得很直，像一棵树，该有动作的时候却迅速利落，整个人轻轻绷着，每一寸皮肤都像在严阵以待，短发垂下来，遮住大半张脸。

细细的脚踝露出来，像一小截儿嫩藕。

正看着，陆予森眸光一沉，不等周围人反应，已经快速往苏茶方向赶去。

但还是晚了。

木架倒下来，先压在苏茶背上，然后才被慢半拍的许又祁扶住，倾斜的片刻，上面摆放的部分植物掉了下来，苏茶有心想救却未果，还被一个六棱形铁架的边缘割伤了手掌。

后知后觉的众人都不明白变故是怎么发生的，只慌忙凑过来，有的递水，有的找布带，还有的跑出去找药箱。

一时之间有些混乱。

倒是当事人苏茶一脸镇定，接受完许又祁复杂的目光问候之后，看向了旁边握着她手腕，轻缓地往她掌心倒水的陆予森。

"你不是应该先收拾地上的植物吗？"

陆予森神色也有些复杂，他跑过来之后还没能分清楚自己到底是关心掉在地上的植物，还是关心受了伤的苏茶，就被人塞了一瓶水，一边塞还一边喊"快处理处理，小心破伤风"。

再严重的伤他也受过，实在不觉得这有什么紧张的，但低头看见她掌心深且长的口子和不断往外渗的血，还是不自觉地皱起了眉。

"你在关心我？"苏茶弯下身，半认真半开玩笑地凑到他耳边。

陆予森敛住情绪，将员工递过来的布带缠在她掌心，打了个活结："尽快去医院处理。"说完转头继续屏蔽众人，安静地收拾和安顿地上的植物。

"谢谢。"许又祁在大家退开之后走过去，看她一直饶有兴致地盯着蹲在地上的人，神色更复杂了。

苏茶摆摆手，一脸无所谓："也不是为了救你，要是木架砸下来伤到你，事情会更难办。"她一副只是怕麻烦的样子。

许又祁觉得这话没错，但又好像不是很对，有些沉默地被助理拉到一边休息。

苏茶跟员工代表商量休息一小时，重新布置好背景之后再开始拍摄，被刚才的事情一闹，许又祁应该不会再找碴儿。

再看陆予森，人还是那个人，却越看越顺眼。

苏茶看了会儿，站起身，避开人群去了安全出口的楼梯口，坐在楼梯上玩手机，想起好久没逛微博，上线留了句话——大王派我来巡山，爬到一半桃花开。

万年潜水粉都给炸了出来。

又又高仿：发生了什么？老大恋爱了？吓得我《五年高考三年模拟》都扔出去了！

七宝是狸猫：真相！爆图！不给看不点赞！

呆米米：瞧瞧老大的关注列表，有惊喜。

一坨龙猫团成球：……陆予森，谁？我去砍了他。

……

再往下，翻到一个叫"凋零的心"的 ID 的留言——送我上去送我上去！老大，有人欺负你的晏南女神！

苏茶点开后面的链接，是有第一狗仔之称的某大 V 在周二发布的微博，已经有 168 万 + 的评论。

"你们要的——孩子她爹篇，周五见。"

下附一张被虚化的双人照，一男一女站在阳台上举止亲密。

苏茶认出那是晏家姐弟，退出微博，正要给晏南发信息，电话先来了，竟然是好一段时间没联系的桑青青。

"妈……嗯……在工作……还好……"

本来要走近的陆予森停住脚步，还没退出去，苏茶已经以一句"忙，挂了"结束了电话。

"你是来找我的？"苏茶扭过头，连声音里都带着笑意。

陆予森面无表情："不是。"

"那你是散步散到这里的？"

"……"陆予森忍耐着心里见风就长的情绪。

"陆予森，你其实也是会关心人的嘛。"苏茶晃了晃自己的手，咂咂嘴，觉得自己的评论很贴合事实。

口袋里的药膏有些硌人，陆予森神色不动："你觉得，我应该怎么关心你？心疼你的伤口？温柔地给你包扎？心急得立刻出去给你买药，还是抱着你一番安慰？"

"你以为你是谁？"陆予森转过身，眼里尽是讽刺，"苏茶，不自量力不是聪明，是蠢。"

门被人打开之后迅速合上，充分体现着对方急切地想要远离她的心思。

苏茶张嘴就想叫住人，然而听见越走越远的脚步声，还是理性地合上了嘴。又被人讨厌了，还是不要找骂好了。

她咂咂嘴，摸不透陆予森的心思。

再后来，苏茶缺席了之后的拍摄，小杜打来电话，说医院里的女人醒了。她拔腿就往外走，随便抓了个人，叫她帮忙跟裴隐舟说一声。

对方找不到人，就告诉了陆予森，后者当场黑了脸，身上的冷空气一直持续到拍摄结束。神龙见首不见尾的裴隐舟晃荡着来视察，听员工们说完今天发生的事，斜着眼睛瞅他，心下琢磨了一下，将他拉到一边。

"你这是在担心苏茶带伤工作吗？"

裴隐舟一上来就搭住他的肩膀，两个人凑得近，在角落里咬耳朵，看得周围人议论纷纷。

陆予森冷淡地推开他的手，说："我们不熟。"

不熟？自己都快成他家的常客了，还不熟？裴隐舟哼了一声，觉得身边这个人委实没良心，要不是自己，他这么个沉闷的人迟早会无聊死。

"看你今天情绪不佳，不如，我们一起去喝杯酒？"裴隐舟故意说。

陆予森果然想也不想地拒绝，抬脚就要走，还不等裴隐舟拉住他，他又停下来，黑色的瞳孔像寒冬的深潭，让人无端心生敬畏。

他说："拍摄结束了，今晚起就不要再去我家了，要看她，自己去对面敲门。"

听他这样说，裴隐舟立刻有点尿。他自认从小经历丰富，也算看惯了人生百态，没有怕的事，也没有怕的人，偏偏现在最怕见晏南。

不是不想见，只是紧张。她站在面前，他便觉得大脑一片空白，心跳快得要麻痹，整个人踩在云上，不受控制。

每次他淡定自若地出现，必然有先前数十次的排练和自我鼓励，后来借着讨论合作，三天两头跑去陆家，也不敢光明正大地去对面，顶多装作巧遇，匆匆聊了几句就分开。

白白浪费了大好的机会。

"你帮帮忙……"虽然怂，却不怕认怂，裴隐舟觉得自己这个优点不赖。快步跟上去，好言好语地说了几句，陆予森却不予回应，他没忍住，开口反击，"你以为你能好到哪儿去？你这段时间的反常难道不是因为苏茶吗？"他好歹是因为喜欢晏南，不像某人，明明在意还死咬着不承认。

陆予森后背绷得像一根弦，还是根不知道是冒着火还是浸了冰的弦。

好一会儿之后，他说："不是。"继而按掉陆柏原的电话，整个人阴冷得叫人不敢靠近。

裴隐舟退了几步，冷笑："自欺欺人。"

越是清高的人，越是不敢承认心里真实的感情。

他懂。

陆予森丢了句"自作聪明"，头也不回地离开。

苏茶很晚才回家，当时陆予森在院子里。

不知道是被裴隐舟的话说中了心事，还是满腔的不满和说不清的情绪突然爆发，陆予森打开门，站到她的身后。

苏茶从裴隐舟添油加醋的话里得知他在生气，却没把握他到底有多生气，在生什么气，下午那番莫名其妙的骂又响在脑海里，她突然有些心虚地解释："那个女人醒了，我去做后续采访。"

她的法则里，该低头还是低头，该认怂还是认怂，毕竟没经历黑暗，哪能见阳光，不低头认怂，哪能仰起头。

虽已入夏，晚风仍旧瑟瑟，地上有被吹落的蔷薇花瓣，被卷起后落在她的脚背，有点痒。

苏茶站了一阵儿，没听见陆予森回应，也不知道他到底什么心思，试探着抬头一看，撞见一汪寒潭，里面映着几点星光，到底什么情绪却一时看不清。

苏茶心虚过后反而笑了："你该不会……是在担心我吧？"

她期待地看着对方。

偏偏对手等级太高，丝毫没有被她的话牵动情绪，嘴角一扯，冷笑。

他在说——是她自恋。

用尽力气，拳头却打在棉花上，苏茶气急又笑，也不知道哪里来的胆子，抬手一推，将他按在墙上："如果不是，你为什么现在还等在这里？"寻常这个时间，并不见他出现。

她矮，只能仰着头，用眼神施加威压。

心跳却不自觉地慢了几分，连呼吸也跟着放缓。

"呵！"一片安静中，陆予森冷笑一声，居高临下地看着她，"自以为是。"

苏茶没少被这样说，但平常都是听听就过了，在他面前却异常来劲，不想服输。

尤其现在，她正在壁咚他，身高输了，不能输气势。

苏茶目光灼灼地看着他，嘴角一勾："到底是我自以为是，还是你……口不对心？"

灯下人影重叠，气氛暧昧。

她的眼神像蛇，一点点缠上去，等待时机拿下猎物，却不想在最关键的时候，被猎物反扑。

陆予森一声冷笑，按住她的肩膀，毫不费力地将她与自己换了个位置。

背后石墙冰凉，苏茶觉得手掌开始起汗，黏糊糊的，让人静不下来。

下一秒，面前的人已经俯下身，高大的影子遮住她头顶的光。

陆予森凑近她，天生的身高优势带着股绝对的压迫力："苏茶，你最好不要考验男人的耐心和自控力。"

小心，玩火自焚。

6.

"嘶——"

真冷。

苏茶背上也沁了冷汗，风一吹，激起一阵鸡皮疙瘩。

她哑然地看着对面紧闭的门，整个人靠在墙上，有点恍惚。但毕竟是见过世面的人，也谈过几场恋爱，不就是被壁咚吗？又没有被亲吻——

动了动有点僵硬的脖子和四肢，苏茶觉得掌心有些刺痛，低头一看，才发现布带上又沁出了血，不多，小小的一点。

听到她进门的声音，晏南和晏亓抬起头，还没说话，先看到了她包扎起来的右手手掌，异口同声地问："你怎么受伤了？"

经历了刚才那一番"对峙"，苏茶明显有点精力不足，将挎包扔到沙发，懒洋洋地躺上去："小伤，没事。"

话音刚落，一只手伸过来，小心翼翼地解她手掌的布带。

"有伤就要处理。"晏亓蹲在沙发前，脚边放着种类齐全的医药箱。

苏茶好奇："你们没事买这么多药干什么？"

还能干什么？还不是因为家里有个没事就拼命、动不动就受伤的蠢女人吗？

"对了，我今天才看到，有大 V 要曝光你……老公。"苏茶突然想起这件事，现在的网友也是有能力，竟然凭着一枚没虚化的纪念耳环认出晏南。

晏亓黑着脸，没说话。

"曝光就曝光吧，有小亓这么帅的老公，我也不吃亏。"晏南在看楚楚的画，小姑娘画的一家人，温馨满满，却始终差了点什么。

苏茶问："你不打算去辟谣？"

晏南笑了笑："看吧。"

微博爆出来之后，甚至有人 @ 了她的前经纪人，对方连忙打电话去公关，该做的都做了，但大 V 理也不理，经纪人打来电话，问她打算怎么办，她说，顺其自然。

退出娱乐圈之前，她已经做好了接受一切的准备，上一次被泼咖啡是这样，这次也一样。

只是，牵扯了晏亓。

头上被人敲了一下，晏亓站在她面前，脸色平淡："姐，我不在意他们的话。"

晏南不认输地揉乱他快要盖住眼睛的刘海。

唔，果然年纪大了，容易感动。

事情却朝着没预料到的方向发展了。

当晚十点，大 V 如期发出了高清照片，晏南老公、晏南同居、晏南女儿好基因等热搜纷纷爆掉，恐怕就连大 V 自己也没想到，退出娱乐圈的晏南还有如此高的人气，在回复中连用了几个惊呆的表情。

底下祝福和崩溃各一拨，势均力敌，中间派不站队，还在怀疑和等澄清，一些以前跟晏南合作过的明星跑出来蹭热度，贴出了各种感动和祝福。

微博上一时热闹纷呈。

两个小时后，大 V 再次更博——哈哈哈哈哈哈。

底下还是高清照片，主角却换成了晏南和裴隐舟，并肩、共餐、一起买花……虽然没有亲密的举动，却比之前的照片更像一对。

两次曝光，大 V 要的效果已经达到，网友们发挥自己的脑洞，已经凭空杜撰了一个女星凭着姣好的面容脚踏两只船的八点档故事。

有网友在下面贴出晏南过往跟男星男模的亲密合照，随后更有一大波被挖出的黑料出现，像一场蓄势已久的预谋，不少人倒戈站往黑粉那一边，开始责难晏南。

有心不理会的几个人并未关注，也不知道这一晚上脏水的发酵。

第二天晚上，晏亓正赶往下一个演出场地，同行的队友把手机塞给他，一脸的担忧。

晏亓随便翻了几下，将手机丢回去。

"你姐……没事吧？"都是玩得好的兄弟，甚至都见过晏南，大家都觉得她是个很友好又很有趣的姐姐。

晏亓摇头，眉头却皱了起来。

手机响起来的时候，几人刚好到目的地门口，晏亓见是苏茶的来电，让队友们先进去准备，独自靠在门边接电话。

苏茶问了他网上的事，他说刚才已经看过，不会理会那些谣言。

苏茶半安慰半提醒："不理会才好，都是些没营养的话。你姐已经在微博上澄清了你的身份，也说明了跟裴隐舟的关系，但难免有激进分子，这段时间你在外面小心点，碰到可疑的人避着点。"

月下花前，晏亓眼里盛着光，莹莹亮着："好。"

一个人在公司加班的苏茶疲倦地揉着自己的脖子，往椅子上一倒，回家之前再次拿出手机翻了翻，大V微博下的留言已经像洗过一遍，齐刷刷地都站在谣言那一边，甚至有人开始带队形，疑惑质疑楚楚的出生……

事情的真相如何其实不重要，更多的人只是为了消遣和凑热闹，深知这一点的苏茶没想去解释，只在自己的微博上写了一句话：

"见人就咬的可能不止狗，还有人……祝，躲在屏幕背后的各位安好，善良。"

同一时期，裴隐舟在花店公众号表示——稍等，放大招。

正在陆予森家中沙发上躺着的裴隐舟按掉手机，头往后倒，跟埋头工作的陆予森说："对面的怎么都没回来？这种时候他们怎么还一个两个往外跑？"

陆予森自觉定力强专注力高，偏偏遇上纠缠不休的苏茶……和同样纠缠不休的裴隐舟。

他忍耐地按住手里的笔："你要是无聊，可以去接回来。"

裴隐舟脑袋有些充血，翻身坐起来："听起来，你是在嫌我烦？我们是签了协议的，你要是嫌烦，可以走，反正我是不会走的。"

裴隐舟说的协议，是他下午狂按门铃之后交给陆予森的，同时交给陆予森的，还有一根19世纪法国巴黎一王室家族的特制黑色雕花柱，跟隐藏在陆予森家花园的那根是一对，世界仅此一对。

陆予森家那根，是当年爷爷奶奶出国时结识的一个朋友送的，当时那人说，那是他家的传家宝，另一根在很早之前就赠给别人了，爷爷见奶奶喜欢，说一定会找到另一根送给她，却没想到东西没找到，奶奶先走了。

"你也别想把东西还给我，我费了九牛二虎之力才从小姨夫那儿偷过来，给别人的东西我是不会收回来的。这次来，我一定要保护好晏南和楚楚，当然……如果她……"裴隐舟听到对面有开门的声音，从沙发上弹起，迅速走到窗户边，见是苏茶，有些失望地叹气，"怎么还不回来？难道今天不回来？"

陆予森忍无可忍，按断一截笔芯。

"闭嘴！"

两个人真正严肃起来，气势其实难分伯仲，论幼稚和厚脸皮，还是裴隐舟略胜一筹。陆予森上楼之前交代裴隐舟明天准备好早餐，那是后者主动提出来的附加福利。

裴隐舟心不在焉，随口应了一句好，继续趴在窗口望，终于在十二点差两分的时候，看见了抱着楚楚回家的晏南。

深夜三点零八分，Try To Love 花店官博贴出一张裴隐舟和晏南、楚楚共餐的合照，照片里两个大人笑意相似，剩下一个小姑娘噘着嘴，像在赌气，也像在撒娇。

"一生一次，一次一生，对象都是你。我会加油。"

有员工在下面留言："老板亲自发微博，竟然是告白！不过，小公主好像还没同意啊，老板要加油！"

吃瓜群众再次确定，之前是有人在刻意带节奏。

不过几分钟，已经有人帮忙 @之前曝光的大 V，说他打脸了，明明女神和王子很配，还有人要大 V 为他之前的造谣和误导道歉。

一个是有血缘之亲的堂弟，一个是有担当又细致贴心的追求者，粉丝们纷纷羡慕，本就是人生赢家的女神拥有了最完美的幸福。

有人圈出重点，说："难道没有人注意到，更博的日期有玄机吗？"

0308，正是晏南的生日。

Chapter4 ▾
夏时雨

好看的皮囊和有趣的灵魂他都有，
我为什么不喜欢他？

1.

　　网络上发生的这一切，意料之中，却也出乎意料。晏南在上次澄清过晏亓、裴隐舟身份之后再上微博，请网友嘴下留情之后，宣布自己退出微博。

　　苏茶多少有些可惜，别看晏南像个女王，却其实一直很感恩自己的粉丝，所以才会在退圈后依旧活跃在微博圈，不时贴出自己的生活和感悟，就因为一场无中生有的泼脏水，她只能选择退出，保护自己的家人。

苏茶去交上一个任务的报告，经过接水处的时候，听见几个娱乐部的女员工在讨论晏南的事，兴起之时还说得很难听。苏茶面无表情地从她们身边走过去，有意无意地看了两眼，眼神冷淡又讽刺，好像在嘲笑她们嚼舌根的行为。

几个女人的脸色顿时有些变化，迅速地转移阵地。

"以为自己多了不起，不就是因为陆予森的专访和家暴事件被表扬了两次吗？有什么好膨胀的？"

"就是，以为她是我们的上司吗？瞧她刚才的眼光，多盛气凌人啊！"

"你们都不知道啊，她呀，都是仗着她上司才敢这么猖狂的，社会部私下都传开了……"

"啊……这样啊，难怪。"

"算了算了，不说了，免得被某个有后台的人抓到把柄。"

苏茶脚步不顿，也没有转身找谁的麻烦。

听力好，有时候也是种困扰。比如这些谣言，虽然无足轻重，多少有些扰人。

下午六点，天还亮着，远远有几朵火烧云，染红了小半边天，苏茶没有其他任务，跟大家一起下班回家，在门口看见了正在研究门锁的陆爷爷。

她有些好奇地走过去问："爷爷，你在干什么？"

陆爷爷抬头看她一眼，并没有想起她是谁。

"我要去找小森和老伴。"他的记忆再次回到了遥远的以前，却永远不可能真正逆着时间，找到过去和过去的那些人。

风轻轻拂过，苏茶将手放在门上，语气清冽又温和，带着安抚人心的力量："右手边有个方形铁块，上面有个绿色的按钮，对，就是那个，轻轻按一下。"

"咔嗒——"

苏茶跨了一步，笑着对就要往外走的陆爷爷说："爷爷，我知道小森在哪儿哦，他就在家里，在跟您捉迷藏呢。"

她的头顶落了一瓣粉嫩的蔷薇花瓣，唇边的笑浅浅淡淡，隐隐有个笑窝。

陆爷爷将信将疑："真的吗？"

苏茶认真地点头，见爷爷还不信，也不继续劝，抬脚就往里走："爷爷要是不去的话，小森就会被我找到哦，他说不定会很失望……"

话音还没落，陆爷爷已经快步走了进去："我去我去，你不要找。"

苏茶看着陆爷爷的背影，觉得有些心酸。

少有几次见到陆爷爷，他提到的只有陆予森和老伴，他的记忆像个黑洞，最喜欢的人已经离开，而最在乎的孙子，近在咫尺，却远似天边。

苏茶走得慢慢悠悠，想要近距离地感受一下这片仿似童话里的花园，几条石子小路延伸出去，弯弯曲曲一直到花园深处，旁边有野草，也没人清理，就让它自由地长在那里。

沁人的芬芳飘在鼻尖，叫人想到甜滋滋的点心。

她被一丛淡粉色玫瑰里的粉紫色的小花吸引了注意力，花心是不太明显的金黄色，远看像山间野花，近看却像梅花。

这个季节……还有梅花？苏茶觉得自己孤陋寡闻。

"那是澳洲蜡梅，又名淘金彩梅、杰拉尔顿蜡花和凤蜡花，故乡在澳大利亚西部，寒冬开，花期可以一直延续到秋天，其他月份也会有植株开花，几乎全年都有花，常被人用以表达忠贞不渝、珍贵长青。"

她正看着，陆爷爷的声音从头顶传来，随即陆爷爷也在她身边蹲下来，有些委屈地说："我没有找到小森，你帮我去找找他好不好？"

后来苏茶才知道，陆爷爷患病之后，除了陆奶奶和陆予森，就只剩这些植物留在他脑海里了。

"好。"

苏茶安慰地笑着，起身想要去找，然而刚转头，就撞进一双寒潭一样深不见底的眼睛。

她说："你走路都不出声的吗？"目光却大胆又害羞地盯着半

敞开的浴袍里，若隐若现的肌肉线条。

他似乎是刚刚洗完澡，没看见爷爷，所以才急着出来找，看见苏茶的时候，还有那么一点惊讶。

他头发半湿着，刚过眉的刘海被拨到一边，轮廓清晰又凌厉，鼻梁上架着的金丝眼镜又增添了点复古的气息。

越看越有味道。

苏茶半眯着眼睛，看见对面的人已经转过身："看够了吗？看够了就进来。"

话音一落，他恨不得咬断自己的舌头。

到底在慌什么——

一进门，苏茶发现厨房的台子上放着三副碗筷，洗得干干净净，上面还有水珠，餐桌上多了抹布和抽纸，连客厅桌子上的水杯也多了一个。

"家里有客人？"苏茶问。

陆予森一边上楼一边回："来了个无赖。"

等他换完衣服下楼，苏茶正在跟陆爷爷玩游戏，玩的是弹弓，两个人蹲在桌子边，对面放着几个纸杯，一来一去，玩得很是尽兴。

陆予森站在楼梯上，看苏茶突出来的背脊和短发下白净细长的脖子，眼睛里多了点自己都分不清的情绪。

……

"爷爷，我们一起玩弹弓——"

"爷爷还在忙，乖，去找奶奶。"

"不，我就要跟爷爷玩。"

"你怎么这么任性——就陪你玩一小会儿。"

……

"我们再玩一小会儿——"苏茶的声音很轻柔，像风。

陆予森走过去，面无表情地站在她旁边："谁让你在家里玩弹弓的？"

苏茶觉得这个人有时候别扭得你哭笑不得："桌子上放着弹弓，不是用来玩的，难道是你用来观察的？"

陆予森走到前面，将掉在地上的纸杯和用来当弹珠的纸团捡起来，扔进垃圾桶，面色依旧没变："嗯。"

苏茶算是看出来了，面前这个人的体内也有隐藏的傲娇因子。

"上次的拍摄，你什么感觉？"苏茶哪壶不开提哪壶，那天对陆予森而言明显没有任何一丝好记忆，尤其最后跟她在门外——估计他已经后悔死。

陆予森却云淡风轻："没感觉。"

苏茶摸着自己的下巴，将陆予森从上到下，又从下到上打量了一遍，一副若有所思的样子："你……有没有考虑，出镜拍广告？"

她今天在公司想了一下下次的策划，轮廓基本成型，主角却是照着陆予森来设定的。

她决定来磨一磨这块冷硬石头，看看他会不会点头。

没有了弹弓，陆爷爷干脆从柜子里翻了一副纸牌，拉着两个人一起打，两个小辈有意让着他，有一搭没一搭地在聊天。

陆予森随口问了一句："还是你负责？"

苏茶正要出"K"，听到这句话，一走神打了张"2"，手里剩下的都是小牌了。

这下，不用让也输定了。

苏茶偏头看陆予森，不太确定他的意思："是啊，你有兴趣参与吗？"

陆予森连扫她一眼的兴趣都没有："嗯。"依旧情绪不辨，也不知道是在敷衍，还是真的有兴趣。

在苏茶的心里，任何需要跟人打交道的事情，陆予森都是没有兴趣去参与的，但是偶尔他也会自己走出去，在花市上跟别人聊天，对不认识路的陌生人也会亲切具体地指路。

所以他现在——是在友好地答应帮忙？

像是知道她在想什么，陆予森冷静揉了一把半干的头发，说："我只是不想欠人情。"

哦，原来是因为她帮忙陪着陆爷爷玩了。

但是——

苏茶习惯性地眯起眼睛，她喜欢用这样的方式打量他——他刚才揉头发的样子，好撩人。

陆予森丝毫不怜香惜玉地将旁边的仙人掌抱枕扔到她脸上："别用跟傻子一个样的眼神看我。"

苏茶笑得深沉，她都怀疑，她之所以看上陆予森，是因为她有受虐症。

陆予森已经走到门前开门去了——苏茶怀疑他走路不出声的技能是因为会瞬间转移。

陆予森拉开门，满脸嫌弃地看着提着满满食材的裴隐舟："给你钥匙不是为了让你放在家里睡觉，你要是不想要，我不介意收回。"

他们俩沉默地在门口对峙，眼神交战了好一阵，裴隐舟轻松地从陆予森右手边的空隙钻进去，笑："就算你走我也不走，有本事你把房子带走。"

苏茶第一次看见两人是这样的相处方式，走过去对裴隐舟一笑："原来他刚才说的无赖——是你啊。"

基于裴隐舟的坚持，苏茶只把他当成偶尔会有求于她的晏南的追求者。

裴隐舟听苏茶这样一说，阴恻恻地说："原来他心里是这么想我的。"

苏茶很有良心地走到陆予森身边,提醒他:"我看他对你积怨已深,说不定一个想不开会往饭里下毒。"她说得一本正经,好像还挺有道理。

陆予森:"哦。"

裴隐舟说,买的菜很多,可以叫上晏南他们一起过来吃。陆予森想也不想地拒绝。

裴隐舟说:"下厨的又不是你,这么多意见。再说苏茶也在这儿了,不邀请他们太不够意思了。"他觉得自己说得很有道理。

陆予森:"她马上走。"说罢看向苏茶,逐客意图要多明显有多明显。

并没有看够裴三岁和陆四岁的欢喜日常,苏茶张口就要厚脸皮地留下,但陆予森没有给她这个机会,提着她的衣领,已经将她带到玄关。

苏茶低着头,瞥见裴隐舟意味深长地看了陆予森一眼,往拉面里多加了几勺魔鬼椒。

她不厚道地笑了。

若裴隐舟是狼,陆予森就是修行千年的狼王。

普通狼怎么敌得过套路深的狼王?

苏茶已经预见了他的惨相。

耳朵里似乎听见裴隐舟那声巨大而愤怒的喊声，苏茶睡了一个美觉，梦里都是狼王陆予森把小狼崽揉来捏去的得意模样。

2.

夏日午后，外面热气腾腾，办公室里吹着空调，反倒叫人昏昏欲睡。

苏茶打着瞌睡，突然有人屈着手指敲了敲桌面，说部长找。一边喝水一边单手打字的部长看也不看她，说今天很多人因为流行性感冒而请假，娱乐部差人，要她去娱乐部帮忙做采访。

其实就是打杂。

她稍微清醒了一点，觉得这事儿不该落在自己身上，刚想说点什么，抬头就看见了部长脑袋上一根新长出来的白头发，心里叹了口气，她点头应下了。

怪只怪自己，招惹了娱乐部的人，才会被人以权谋私公然报复。

时部长一直在打字，直到她开门出去，他才抬了一下头，说："小茶啊，这娱乐部的老李头，挺护犊的，是吧？"

她脚步一顿，察觉自家老大话中云淡风轻的一丝杀意。

苏茶并没有刨根究底是谁让她去打杂的，娱乐部美女多，随便抛个媚眼让部长帮忙玩弄她一下，也是很正常的事。

虽然都不痛不痒，但总被人这么找事，还是会让人觉得有点烦的。

她原本以为自己不去管就会过去了，于是面无表情地坐上娱乐部的采访车，又面无表情地举着收音话筒两个半小时，好不容易有了点休息时间，想去上趟厕所，还撞见有人在里面说她坏话。

她觉得自己有点衰，不知道是不是因为出门没有看皇历的关系。

"还真以为自己是大牌呢？还不是一句话就被派来打杂了。"

"瞧见她刚才的样子没？一直举着那个收音话筒，要是我，手都该抽筋了。"

"你们都没看出来，于小姐跟她也有仇吗？不然为什么一直不在状态，拖延了采访？"

苏茶站在外面，揉了揉耳朵，一时没能决定好该进还是该退。

现在进去打断，多少显得有些刻意，搞得像她有多在意那些嘲讽一样。事实上，她只觉得她们是在嫉妒她。

人嘛，总是会因为别人身上自己没有的东西而对别人产生敌意。

这才是人性。

她打算先避开。

那个被说是跟她有仇的于桃却不知从什么地方蹿了出来。

于桃抱着手臂，站在她身后半步远的地方，瞥了一眼里头，微微扬着下巴，声音里也带着股傲气："上次看你还挺有骨气的，怎么这次就只敢躲在这里听？"

连那么高傲的许又祁也不放在眼里，怎么对着几个小女生就退缩了？

对于莫名其妙出现又莫名其妙讽刺她的于桃，苏茶有点蒙。

这是她跟于桃的第一次正式见面，以前只在电视新闻和晏南的口中听说过对方的名字，根本不明白对方所指的上一次是哪一次。

然而，苏茶并没有问，对于不熟悉的人，尤其是女人，她从来都只抱着疏离态度，好像对方是豺狼虎豹，往旁边移了半步，她说："麻烦。"

于桃注意到她的小动作，脸色稍微差了点，她有些讨厌面前这个不识抬举的女人，没好气地说了一句："随你。"说完踩着高跟鞋走了进去。

前后不到三秒，苏茶听见里面传出一声尖叫，好像是谁踩了谁的脚。

离开那地方，苏茶靠在栏杆上跟晏南打电话："我今天见到你说的那个长着刺的小姑娘了。"

电话那头晏南在笑："桃桃？她怎么了？"

一听就是想听八卦的语气，苏茶觉得退圈之后的晏南未免太闲了："她今天有台里的采访，在雨花街的八角咖啡厅。"

苏茶换了个姿势，把手肘搭在栏杆上，身子微微往后倒，耳边的风声越清晰，她越觉得心中舒畅。

"也没什么，我以为她有什么看不惯我的，没想到还帮我教训了几个说闲话的女人。"

晏南毫不意外："她本来就是个热心肠的小姑娘，就是爱装成一副老成的样子。不过，她为什么要帮你？就算她以前也常被人恶意中伤，但也不至于逮谁都帮。"

苏茶说："不知道。"

她想到于桃提的上次见面，心底也有疑惑。

之后的采访进行得很顺利，镜头里于桃就像个娇俏又得意的小姑娘。

结束之后，于桃请大家喝了咖啡，苏茶不合群地端着咖啡去了刚才的露天院子，阳光从头顶洒下来，暖洋洋的。

"你就不疑惑我为什么认识你吗？"于桃说话总是喜欢先占据主导，这样的人不是太没自信就是太有自信，苏茶盯着她，有百分之八十的把握，她是前者。

喝了口咖啡，苏茶顺着话问："为什么？"

她的敷衍和随意让于桃更加不喜欢，语气里都带了点不悦："上次许又祁的拍摄，我在附近，进去看了几眼。"

于桃并没有说，之所以记住苏茶，只是因为陆予森似乎对她不太一样，看上去她总是在惹他不高兴，但女人的直觉告诉于桃，事情并没有那么简单。

"你喜欢陆先生？"

苏茶对于桃直截了当的说话方式很满意，仰头看着头顶开得正盛的蓝花楹，蓝紫色的花朵在风中轻轻晃动。

"是。"

"我这段时间，制造了很多次巧遇，一有时间就等在他家附近或者花市。"于桃对苏茶的回答似乎并不在意，坦荡得让后者有点惊讶。

于桃有她的办法，查到陆予森的生活轨迹并不是难事，而因为喜欢一个人去查探他的喜好和习惯，算不上心机。

苏茶看见她笑得甜美而强硬。

"我能为他放下身段，能配合他的节奏和步调，能排开时间只为见他，我完全有资格站在他身边。"

"倒是你，跟他不适合。"

于桃只见过她几次，轻易地以为她就是一个又闷又冷又委曲求全的人。

苏茶不为所动，还在笑，笑声轻飘飘的，听不出情绪："你怎么知道，我们不适合？"

她觉得面前的小姑娘跟晏南说的一样，是个坦诚、傲娇又故作高傲的人。

"你多了解他，又多了解我？"

她说："就算是陆予森本人在我面前，我也不会退，何况只是你一个小姑娘。"

苏茶底气十足，抬脚往室内走："谢谢你的招待，虽然也是我应得的。"

于桃踢了一脚地上的石头，还是不甘心："喂，你到底为什么喜欢陆先生？因为他的脸？"

谁知道呢？

也许是因为他的脸，也许是他蹲在院子里照顾花的样子，也许是他跟别人不那么一样的专注和不掩饰。

他像一个充满未知的旋涡。

苏茶说："好看的皮囊和有趣的灵魂他都有，我为什么不喜欢他？"

回家的时候，苏茶总觉得有人在背后跟着她，隔着不远的距离，她快对方就快，她慢对方就慢。这已经不是第一次了。

她不动声色地拿出手机打电话："喂，小森啊，我就快到家了，没事。你要是不放心的话，就来接我吧。"

电话那头沉默很久，让人怀疑她是不是打了个假电话。

好一会儿之后，才有个低沉的声音传出来："苏茶，你有病吗？"

苏茶还是面不改色："其实很安全的，哪会有什么危险，又不是谁都那么衰，出门就遇到坏人……好，你来吧。"

电话那头的陆予森听着苏茶的独角戏，神色有些难以描述。对面有保安在了解情况，裴隐舟这个幕后英雄也不躲了，心急如焚地跑过去问情况。

他将手边的杯子转了个方向，站起身往外走。

耳边还是苏茶的声音："你别这么担心，真的没事的，你是谁啊，你可是拳击冠军，要是有坏人的话，你肯定能一拳解决。"

那么活络的语气，跟平常的张扬又不一样。

陆予森走在路上，觉得自己太多管闲事。

五分钟后，两个人"如愿以偿"地撞见。

苏茶抬起头看他，觉得脖子有点发酸——他没事长这么高干什么。第二反应却是，他怎么真的出现了？她该露出高兴又不好意思的傻笑，还是惊讶又尴尬的傻笑？

陆予森不理她，目光好像也没看她，而是在看她身后。

"走吧。"

他看了一阵之后，才将目光移向苏茶，在她走到他面前半步的时候，才抬脚转身，两个人隔着半步的距离在交流，背影看起来不亲密，也不疏离。

苏茶感受着他近在咫尺的清新的气息，刚才他挂电话，还以为他真当她是神经病不做理会了。

原来，还是有人性的嘛。

苏茶和陆予森一起走回去，在晏南家门口停下。苏茶皱着眉问晏南："发生了什么事？"

晏南抱着手臂靠在墙边，右腿半屈着蹬在上面："之前我不是说觉得家里不太对劲吗？今天早上我收拾衣服，发现有内衣不见了。小亓就在家里，跟我一起通通检查了一遍，发现户口本里夹着这个。"

她食指和中指之间夹着张字条，隐约可以看见红色的痕迹。

苏茶心里一跳，看她严肃的表情，已经意识到事情的严重性，打开字条，上面有四个红色的大字——你是我的。

"这是？"

晏南眸光幽冷："血。"

裴隐舟站在晏亓旁边，听到他说的，震惊又担心。他立刻跟保安沟通，叫他们在加强巡逻和检查之余，更要注意对外来访客的详细盘查。

晏亓接到电话，听朋友说网上已经有人开始售卖晏南的内衣裤，一向不轻易发怒的晏亓差点摔了手机。

离他最近的裴隐舟依稀听到点关键词，拿手机一查，整个眉心皱成川字，一张脸也染了寒霜，让旁边几个保安突然打了一个冷战。

裴隐舟立刻打电话叫人调查了网上售卖的渠道，并将这件事告

诉了在警局工作的发小，对方很快答应受理这件事情。两分钟不到，
网上的销售信息已经被撤下。

晏南看在眼里，心里有一点暖意。她觉得他其实不错，除了小
了点，但年龄这种事，对她并不是什么阻碍。

一连好几天，大家都因为这件事而不能安生，类似的事情却并
没有就此罢休。

两天后，晏南在窗外发现了航拍器，她让晏亓将房间都检查了
一遍，确定没有监控监听的电子设备才稍微放心，保险起见，她不
得不常常拉上窗户。

周末，晏南最常用的那支口红被人拿走，口红已经用了大半，
不是什么贵重物品，却让人心有余悸，对方甚至胆大地在她浴室的
镜子上写了字，说什么他原谅她，迟早会让她回心转意。

更让人心有余悸的，是她在某天夜里突然惊醒，发现身边坐着
个男人，黑暗里一眨不眨地盯着她。她当即叫了一声，对方却身手
敏捷地蹿进了黑暗中。

那天，区域性停电，没有人看见那人的样子，但每个人都很清楚，
那是个强壮又敏锐的男人。

晏南察觉到自己都开始掉头发了。

而一直被晏南塞给苏茶的楚楚也察觉到了什么，越发不愿意离
开妈妈，除了晚上睡觉，大部分时间都像树袋熊一样挂在晏南身上。

生怕妈妈出什么事情。

裴隐舟三天两头过来问候，表情比之前严肃了不少，就连看似不在意的陆予森，也对周围出没的人多上了几分心。

一干人被折磨得快要神经衰弱。

就连苏茶去找晏南借 Chanel No.5 香水的时候，她都不在状态，那可是她用得最久的香水，通常不借人。

3.

又过了几天，又停了电，闷热的夏夜，沉沉的天幕上没有星星。

长卷发的女人走在寂静的街道上，手机上的电筒只照得见方寸大小的地方，她身上散发的浓郁又别致的气息，融进闷热的风里。

她走到一栋房子前，从包里翻出钥匙开门，头始终垂着，看不见脸。

一声轻响之后，女人推门进去，她稍微在门边停顿了一下，似乎在用手机回复消息。一小会儿之后，女人重新抬脚往家里走。

细长的高跟鞋在石板路上发出清脆的声音，一点一点，靠近那扇紧闭的门。

钥匙还没插进去，右手边先传来窸窣的碎响，格外清晰，女人却像是没听见，为了方便开门，她将手机揣进了包里，低着头摸索着插钥匙。

"咔——"

"南南，你终于回来了！"还不等门锁彻底打开，一个人影从黑暗里蹿出来，准确无误地抱住女人的腰，声音沙哑又激动。

女人似乎惊了一下，慌忙地挣扎，费力地在包里掏手机。

黑影阴森森地笑着，黑暗里也能窥见得意："南南，你别离开我，我知道我没有他好，但是我们毕竟相爱过，你不能就这样抛弃我。"

恶心兮兮的举动，和更恶心兮兮的话。

女人几乎是用了平生最快的速度，将包里的麻绳迅速地缠在男人的手腕上。

她语气依旧镇定："要脸吗？谁是你的南南？"

"陆予森！"苏茶有些费力地缠住男人，大声地喊。

这是她跟裴隐舟策划的以身为饵之计，用来钓这条一直躲藏在暗中叫他们惶惶不安的臭鱼。

起初裴隐舟是不答应的，觉得不该让小姑娘涉险，但苏茶反问他，除了她，现在还有谁比她更了解晏南，包括晏南走路的姿势、习惯。

裴隐舟将晏家姐弟骗到对面，遭遇了陆予森的白眼之后，竟然没有被多说一句。

直到看见陆予森听见那声音之后一闪而过的影子，他才恍然，陆予森早就猜到会有现在这局面。

"有些人，'口嫌体正直'。"话音一落，裴隐舟也迅速地赶了过去。

赶过去的时候，灯已经亮了，晏南家院子外围了一圈保安，陆予森在保安们惊讶的目光里，正跟男人缠斗，苏茶站在一边，听着因二人的拳脚而起的风，默默地咽了一口口水。

她之前觉得陆予森有肌肉，只以为他体力好，没想到武力值也不错。

她突然为她和裴隐舟还安然无恙而庆幸了一会儿。

两个男人渐渐有了上下，陆予森以微弱的优势压制住男人，让对方没办法逃跑，也没办法近不远处靠着门休息的苏茶的身。

瞧着两个人打得差不多了，裴隐舟才冲进去，帮着把男人制住。

男人不甘心，看着人群外晏南的脸，大喊："我这么喜欢你，你为什么要设计我？"

晏南拦着满脸怒气想要冲上去的晏亓，目光却看着裴隐舟："你不会打架，还是交给保安吧。"

她声音不大不小，正好落在面前两个保安耳中，他们突然惊醒，反应过来自己今天来埋伏的目的。

"安分点，别想着要跑，等会儿街道派出所的警察就过来了！"几个保安用刚才被男人挣脱在地的麻绳绑住他，眼睛全盯着，生怕人又像泥鳅一样在眼皮子下溜了。

被绑住的男人没有挣扎，只看着晏南："南南，你别离开我，我不会再生你和别人的气了，南南……我原谅你跟别人生了孩子，我会把她当自己的女儿宠的！"

他喊着喊着，哭了又笑，笑了又哭，像个失常的人。

好不容易哄睡着的楚楚不知什么时候醒了，从对面的房子出来，看见眼前的情形，"哇"的一声，哭了。

陆予森退到人群外，看着树下的苏茶，她为了缠住男人，被放倒了也没有松手，咬着牙等他们来。

刚才并未注意，现在仔细一看，才发现她脸上有一道两厘米左右的伤口，手脚也有伤，尤其一只脚踝，微微有些红肿。

一双高跟鞋被她踢到一边，她垂着头，手指在红肿处轻轻揉了揉，有点郁闷地说："没事长这么高干吗？害我要穿这么高的高跟鞋，一点也不方便。"

耳中听见被带走的男人叫嚷着自己有多喜欢晏南云云，她又陡然松了口气。

"这年头，疯子挺多的。"

话音刚落，她被一道身影完全笼住，陆予森站在她面前，看向她的眼睛幽深寂静。

"怎么不拍照？"作为记者，面对这样的事情，拍照存证准备报道是种惯性。苏茶明显有去拿手机的动作，却不知为何没拿出来。

苏茶咧开嘴一笑，扯动了脸上的伤口，笑容便变得有些狰狞起来："吓到忘记了。"

她当然不会说，当时两个人打到难分难舍，她要是拍照，会把他也一起拍进去，她不想再有人因为一张照片看上他。

尽管他站在那里就是光芒本身，她还是不愿意让别人看见他真正的光芒。

苏茶敏锐地察觉到陆予森探究的目光，低着头装看不见。

无声对峙之后，陆予森蹲下身，用辨不出情绪的声音问："能走吗？"

苏茶从惊讶到呆滞，还不等反应过来，整个人已经被他捞起来。

陆予森脸色有点白，额头还滚下几滴冷汗，刘海垂下来，遮住不辨情绪的一双眼，有一瞬间，苏茶觉得那里面透露出了一点担忧。

但想想，怎么可能？

他避开人群往家里走，虽然是抱着她，却握紧了拳头，比刚才打架还要严肃。

苏茶鬼使神差地伸出双手，圈住他的脖子，空气很热，他的体温更高，叫她掌心微微发汗，黏黏腻腻，却不想松开。

陆予森僵了一下，随后冷着嗓音说："松手。"

苏茶壮着贼胆："不松。"

"松开。"陆予森好言相劝，眼神却冷得让人畏惧，"再不松手，我就放手了。"

想到屁股会撞在冰冷的水泥地上，苏茶又贴近了一点，双手紧紧扣着，一副他就算松手她也要挂在他身上的样子。

陆予森又一僵，脸色更加难看。

4.

"陆予森，你以前练过武吗？"苏茶坐在沙发上，看他从柜子里翻出一堆处理伤口的东西，"还是你刚才……被激发了本能？"

"学过一点。"陆予森装作听不懂她话里的深意，也没看她直白又热烈的眼神，用棉签蘸了酒精之后，毫不留情地往她伤口上擦。

"嘶，你轻点。"苏茶疼得嘴角一抽。

陆予森凉悠悠地看她一眼，现在知道疼了？刚才不是很能耐吗？

被他看得发虚，苏茶只好咬牙闭嘴。她跟裴隐舟定这个计划，没有告诉大家，虽然是为了不让大家操心，但还是莫名觉得心虚。

苏茶想，或许是因为陆予森的注视，他的目光总像是能洞察人的灵魂，让人心虚。

　　杯子里插着两枝百枝莲，粉白的颜色清新、柔美又可爱，香气很淡，仔细闻才嗅得到，闻到后便一直留在脑海里。

　　陆予森蹲在前面，心无旁骛地帮她上药，苏茶也不知哪根筋搭错了，抬手就想去摸他柔软的发顶，还没碰到，对方已经略微往旁边移了点，躲开了："你很无聊？"

　　苏茶收回手，抿了一下唇，她确实有些无聊，客厅里只有他们俩，一片安静中，总有些什么在发酵，她心痒痒的，觉得不趁机做点什么都浪费了这么好的氛围，然而对方一脸认真警惕，像在防备她。

　　"我突然有点后悔。"苏茶没头没尾地说。

　　"后悔什么？"

　　"后悔邀请你参加拍摄。"许又祁的广告为他又积累了上千粉丝，换作陆予森，想必会更轰动，站在花店的角度，她做得没错；站在自己的角度，她却觉得有点亏了。

　　陆予森动作不停，靠跟她说话来分散她的注意力："那我退出。"

　　"啊？"苏茶一怔，觉得今天的陆予森有点反常，"算了，都跟人说好了。"更何况，她的策划是为他量身定做。

　　消肿药喷在脚踝上的时候有点痒，苏茶忍不住动了两下，被陆予森一把按住，动不了了。

　　苏茶觉得，他力气是真大。

　　期间陆予森去接了个电话，苏茶瞟到一眼，来电人是"爸爸"。

能用这个称呼，多半对父亲敬畏又敬爱，所以保持了年少时候的叫法。

现实却不像。

陆予森到旁边接电话的时候，声音冷漠又疏离，比最初跟她说话时吐字还少，几乎靠着一个"嗯"字结束了这通诡异的电话。

尽管苏茶有心不去听，还是一个字不落地都听进去了。

思考间，陆予森已经重新走回来，一声不吭地继续之前没做完的处理。

苏茶沉默了一会儿，问："你跟你爸爸关系不好？"

陆予森"嗯"了一声，没打算多说。

"其实我家关系也不好的，我妈妈上周还让我回家吃饭，我没回。"苏茶自顾自地说着，"我爸过世了，我妈现在跟一个教授在一起，我妹妹防着我，我就搬出来了。"

她并不觉得这些话难以启齿，要是能够让他稍微从自己的情绪中走出来，倒也算有点用。

也不知道是她的"倾诉"起了作用，还是陆予森根本没在意。

他抬起头，皱眉制止了苏茶的喋喋不休："你好吵。"

苏茶眨眨眼，她果然还是看人不看事，这句话要是别人对她说，她立刻转身走人，管他再大牌，也照样甩在后面。

但在陆予森面前，她尤其有耐心，尤其热情，尤其不要脸。

"刚才那人真够变态的，是吧。"她很少这样评论别人，但不代表她不会，头磕在地上的时候，她是真的被吓到了，以为自己会栽在那个变态手上。

"没了理智，人连野兽都比不上，刚才那个男人压着我，一遍一遍地叫着晏南的名字，我听着都怕，难怪楚楚会被吓哭。"她在陆予森面前一秒变话痨，思绪天马行空，想到什么说什么。

"其实以前我也遇到过这样的事，当记者，没别人想象的那么光鲜，偶尔也会面对穷途末路的匪徒，还有有权有势的高官，甚至去各种有危险的地方。"苏茶靠在沙发上，仔细地凝视着他，"也不知道为什么，就刚才那一瞬间，最害怕。"

陆予森用力按了一下她红肿的地方："我没在意他的电话，你也不必急着跟我剖析自己的心路历程。"

苏茶索然地"哦"了一声，真没意思。

都处理好了之后，陆予森脸上的表情轻松了点。

"放心，没什么事，你不是说了吗，只要好好处理，也不会留疤。"苏茶语气轻松，一点也不担心。

面对她的自恋，陆予森破天荒地没有点破，只叫她下次不要再像今天一样不自量力。

虽然是在损她，苏茶却在其中听出了一点关切。

要不是关切，怎么会抱她，还帮她处理伤口？

这样想着，苏茶看他看得越发有兴致了。看着看着，她的视线便从他敞开的领口看进去，看见隐约的肌肉线条，绷得很紧，很有力量。

苏茶咳了一声，扭开头，努力平复突然躁动的荷尔蒙。

要死，她差点没把持住。

苏茶光荣负伤，第二天请了一上午的假，去警局了解最新情况，被抓的男人还是一口一句"我是她老公"，一有机会就往墙上门上撞，警察们没办法，将他死死盯住，单独关起来，还申请让精神科的医生来做检查。

苏茶从负责的警察口中了解了情况，中午就交了报道上去。

部长看她一瘸一拐的样子，好心要给她放假，她也不推辞，顺着他的话点了头，领了一周的病假。

用假期之前的最后一点余热完成了当天的工作，苏茶被简宸扶着到楼下，正商量着要打车还是叫她追求者来接的时候，苏茶听见有人喊她。

"小薄荷！"

黑色的轿车里探出一个圆圆的脑袋，反戴棒球帽，朝她招手。

"你们怎么来了？"苏茶丢下一脸羡慕又惊讶的简宸，关上车门。

贝贝说："巧了，师兄刚好要顺路买蛋糕，所以就叫我绕了路，没想到会遇见你。"

苏茶舒服地靠在椅背上，意味深长地"哦"了一声。

"你受伤了？怎么还需要人扶着？"贝贝不知道昨天晚上发生的事，以为她只是单纯地崴了脚，此时在后视镜里仔细一看，脸上和手臂也贴了纱布和创可贴。

苏茶简明扼要地叙述了昨晚的事，一点也不惊心动魄，贝贝却听得紧张兮兮，好几次差点转错道。

陆予森瞟了他们一眼，没搭理。快到家的时候，他问："既然放假了，抽时间去做个检查。"

苏茶没问他为什么知道她有假，反而一脸疑惑地问他："做什么检查？"他昨天明明处理得比医生还有经验。

陆予森复杂地看了一眼她的头，转身进屋。

她撞到头，是不是会变得更傻？

"师兄，你不是不爱吃甜的吗？"

"买给爷爷的。"

"你不是也不让陆爷爷吃甜的吗？"

"偶尔可以。"

"明明上次你还偷偷藏了教授的蛋糕，不让教授给陆爷爷……"

陆予森转过来，贝贝一个不注意撞到他背上，鼻梁都差点歪掉，还不等他控诉，头顶已经飘来杀气腾腾的声音："还有事吗？"

"……没。"贝贝自觉地退到门外。

陆予森满意地点头，抬手关门。

"再见。"

5.

陆予森换了拖鞋直接回屋，刚要躺下睡觉，听见裴隐舟在走廊打电话。

"妈。"裴隐舟的声音比以往还要严肃认真，好像打电话的是一个危险人物。

他靠在尽头的窗口，手肘搭在上面，撑着隐隐作痛的头："嗯……妈，我都知道，但是我喜欢她……"

这是裴祎第五次打电话来叫他断了对晏南的念想。

在她看来，娱乐圈太乱，大多数人都是玩玩，哪有什么真情，晏南就算对他感兴趣，也不过是图一时新鲜，她身家不差，还跟人有个孩子，最重要的是，明眼人都看得出，这份感情，是他先栽进去。

裴祎不希望裴隐舟太轻易就陷入爱情，尤其是充满变数的爱情。

以过来人的经验来看，他们不适合。

裴隐舟一开始还会好好地说自己的真实想法，几次电话下来，他也觉得讲不通。

"好，我知道。"他说有工作要忙，匆匆挂了电话。

疲倦地揉了揉太阳穴，比起连日不休的工作，他更不愿意跟裴袆打电话，但他又会挂念，裴袆是他最重要的家人，更是他放不下的感情包袱。

因为陆爷爷被送到了教授那儿，家里只剩下陆予森和裴隐舟，吃饭的时候两个人相对而坐，尴尬又沉默。

饭快吃完，陆予森开口说："家里没存粮了，一会儿去买。"

裴隐舟没太注意听，随便说了声"嗯"。

"我的意思，你和我，一起。"陆予森放下筷子，补充了一句。

裴隐舟一时沉默。

虽然他们这段时间朝夕相处，感情经过吵吵闹闹，已经有了一点小进展，但什么时候好到可以一起逛超市了？

"我有东西要买。"陆予森买东西只买某一个牌子，别的都不会用不会吃，某种程度上来说，有很严重的强迫症，而裴隐舟事事跟他作对，指不定会故意胡买。

"你信不过我？"裴隐舟很快明白他的意思。

陆予森递过去一个"自行体会"的眼神，说："我相信我自己。"

裴隐舟心情不佳，真没打算继续捉弄他，更想一个人出去散散步："你把你需要的写下来，我保证不出任何差错地带回来。"

他说得真诚恳切，对方还是坚持跟了出去。

买完东西，陆、裴二人跟正从家里出来的苏茶、晏南撞了个正着。

裴隐舟脸色有些复杂，第一反应就是先进屋。然而还不等他有动作，突然觉得手上一轻，手里的东西已经被苏茶拿了过去。

苏茶小脑袋探到他面前，用只有两个人听得见的声音跟他说："资源交换。"像在做交易。

裴隐舟失笑。

晏南看了裴隐舟一眼，想起了他那天喝醉的样子。

那是两周前，裴隐舟去给小姨夫庆祝生日，因为偷了雕花柱，自罚了很多杯酒。小姨裴亦倬看着心疼，拦了几次都没拦下。

小姨夫劝裴亦倬："他这是得不到他妈允许，借酒浇愁。"

晏南和裴隐舟的事情已经传得尽人皆知，裴亦倬也接到了裴祎的问候电话，还一不小心说漏了他搬出去住的事。心里有愧的裴亦倬劝不动他，只好在聚餐结束后亲自开车将他送回了陆予森那儿。

晏南当时正靠在门边赏月喝酒，一回神，看见了醉醺醺的裴隐舟和费力扶着他的裴亦倬。

"我姐姐给你打过电话了吧。"裴亦倬用的是陈述句。

晏南略一点头，在厨房安静地煮茶。她素来爱酒，却有一手煮茶的好技艺，连晏亓都不知道。

"你也不要怪我姐，她只是不想小舟跟她一样，后半生过得辛苦又后悔。"裴亦倬语气温和，跟裴祎的强硬截然不同，"我姐跟前姐夫很早就离婚了，当时小舟三岁不到，为了治愈情伤，也为了事业的发展，她去了外地，把小舟留在我们这些亲戚家中，轮流照顾。"

"他跟其他小孩不一样，很懂事，不哭闹，也从来没听他埋怨过我姐一句。唯一的一次，恐怕就是我姐刚知道你俩的事，给他打电话那次……"

裴亦倬看见晏南似乎顿了一下，再开口，晏南已经端着茶水，熟练地倒进了小巧的瓷杯中。

"从三岁开始，小舟就往返于两座城市，见到妈妈的时候兴高采烈，回来的时候也兴高采烈，只有晚上，他会一个人躲在被窝里哭。他是真的很看重我姐，所以能为了你的事跟她争执，一定是用了心的。

"那你呢？晏小姐，你对小舟是什么心思？"

晏南看着面前的裴隐舟，寂静的街道上，两个人都没说话。

她没什么心思，也不能有什么心思。

"茶茶的工作还顺利吗？"晏南整理好自己的情绪，笑了一下。路灯之下，她的笑意有些虚浮。

裴隐舟有些疑惑，多看她几眼，脑海中有什么闪过，却什么都没有抓住，他觉得有点闷，扯了一下领口，平常隐藏在衣服里的玉坠现了出来："挺好的，她很有天赋，要是考虑换工作的话，我可以高薪聘请她。"

晏南记得，裴亦倬说他有一块妈妈留下的玉坠，戴了二十多年。

有些情感像累赘，放不下，拿不起，压在心上从始至终。

晏南说："我突然困了，先回家了。"

6.

那一天，裴隐舟像是失恋了一样，回到家，喝了一整晚的酒，醉了之后跑去陆予森的房间，非要让陆予森给自己当爱情导师，教他怎么在心动的人面前无动于衷、坐怀不乱。

陆予森也困，用蛮力将他拖出去，然后甩上门，上锁，才刚上床，就听见外面那人开始猛烈地敲门。

陆予森大声喊："敲坏了记得赔。"

外面的人不甘示弱："赔就赔，我有钱赔！"

话虽这样说，裴隐舟却慢慢停下来……换成了挠门，像只被抛弃的猫，可怜兮兮地用爪子挠门乞求主人听见。

陆予森忍无可忍，三步并作两步走过去，拉开门说："再吵我就把你拖到对面。"

被人扰了睡意，陆予森再也没有睡着，本身就不喜欢酒的人因此对酒深恶痛绝，于是几天后的晚上，他看见醉酒的苏茶蹲在他家门前，没有选择下去开门。

他有些躁，不知道自己怎么就招惹上了这两个人。

"小森，你在看什么？"陆爷爷抱着一堆从教授那里讹来的甜食，笑得像个孩子。

陆予森走过去，三下五除二地将零食收在柜子里："爷爷，您不能吃这么多甜食，对身体不好。"

陆爷爷不依："我好不容易赢来的，不吃多可惜。"

"赢的？"

陆爷爷很得意，眼睛都在闪光："我跟他们打牌，不知不觉就赢了这么多。"

想到昨晚韩远信朋友圈里晒出的表情，陆予森脑补了当时的情况。他有些头疼，看来得把家里的纸牌收起来，不能再让爷爷练牌技了。

"小森啊，你在看什么？"陆爷爷还记挂着这事，凑上去想看，窗帘却被陆予森拉上了。

"真的没什么，爷爷，您想吃巧克力吗？想吃的话我们出去吃。"说罢，他伸手往柜子里掏了两下，摸出两块巧克力。

陆爷爷依依不舍地看着柜子里的甜食，想了想，还是决定先解决陆予森手中的巧克力。

桌子上的手机一直在振，是短信。

陆予森起初不想理，后来看了发信息的人，更不想理。

"陆予森，我就在你家外面，你来见我吧。"

"陆予森，我问你个问题啊，为什么飞机飞得这么高都不会撞到星星？"

"因为星星会闪啊，哈哈哈哈……"

"陆予森，你睡了吗？听说独身女生晚上发生意外的概率很大。"

……

陆爷爷看了一眼，继续专心吃巧克力："小舟说，虽然小区安保好，但也不能在夜里乱跑，危险。"

那头又发了短信，也不知道说了什么，陆予森手机也不拿，提着外套就出门了："爷爷，吃完了早点睡觉。不要偷吃，不然我会锁起来的。"

四周静悄悄的，几只飞蛾往路灯上撞，斑驳的光斑晃得人眼睛疼。

苏茶蹲得腿有点麻，起身的时候不受控制地晃了两下，稍微停顿了一会儿之后，她去对面提了放在门口的垃圾，打算去丢垃圾。

她步伐有些飘，走得却异常直，走了几分钟，她听见背后隐隐约约的脚步声，很轻，因为街道格外安静才听得见。

苏茶不知道凭着脚步声辨别一个人，是不是也算一种天赋技能，只觉得心里渐渐有了股暖意，顺着血液流向四肢。

"你来啦。"苏茶转头的时候，脸上挂着灿烂又洒然的笑，灯光照在她脸上，白里透着红，像个熟了一半的苹果。

陆予森闻见她身上飘来的酒味，轻轻地皱了一下眉："喝酒了就回家睡觉，在外面逛什么？"其实他在她刚才的短信里没看出一丝害怕，反而都是些酒后的疯话。

陆予森手里也提着半袋垃圾，经过她的时候顺手夺了她手中的垃圾袋，淡漠的表情里透着点不寻常的关切。

苏茶怀疑自己是真的喝多了。

回去的时候，苏茶低着头，也不像刚才发短信给他的时候那么活跃了。陆予森有点疑惑，觉得这姑娘是真的难猜，像六月的天气，多变。

他其实从小就没跟女孩相处过，一个人长这么大，身边的朋友加上贝贝，一只手都可以数过来。

"为什么喝酒？"他偶尔也想着，是不是要试着跟面前这个小姑娘好好相处。

苏茶一听他说话，刚才用力憋着的那些话就都憋不住了："台里的聚会，大家都在，部长喝不了酒，我就去帮他挡酒了。"

"说实话。"这姑娘有时候也欠骂，你越凶，她越得意。

果然，苏茶眼睛亮了亮，然后又装作一副可怜兮兮的样子："我妈打电话给我，被顾淮桑，就是我顾叔叔的女儿听见了，夺过电话对我一顿骂。我气不过，就喝得多了点。"

陆予森多少知道她是夸张了，但可能也没什么差。

"时部平常很闷的，没想到喝完酒会这么疯，差点拽着我上台去跳《小苹果》，我不去，他就一个人上去跳了。"

苏茶越说越兴奋，眼睛亮，脸蛋红，看起来比以前更像个小姑娘。

陆予森把外套脱下来丢到她身上，手臂上冒出一层细汗。

苏茶笑吟吟地将外套穿上，里面还有他的温度，有点像——间接拥抱。

眼看就要到家了，苏茶深吸了一口气，像在给自己打气，陆予森走在她身边，还隔着半步的距离。

苏茶顿住，叫了一声："陆予森。"

对方转过头："嗯？"尾音上扬，带着点鼻音。

她说："我想做件事。"

都说酒醉壮人胆，苏茶这才体会到，话音一落，在陆予森还未有动作之前，她用不知哪里来的蛮力，一把将他推到旁边的电线杆上，双手圈住他的脖子往下拉。

拉到一半，拉不动了。

一踮脚，唇已经凑了上去。

行云流水的动作，明显就预谋已久。

陆予森的背抵在电线杆上，他垂眸看着闭着眼睛慷慨赴死样的苏茶，心想，真硌人啊。

苏茶的吻没有一点技巧，凑上去就是一阵乱吸乱咬。她这个人，从来知道自己要的是什么，也从来知道自己喜欢什么，所以在碰上陆予森的时候才会这么积极主动，生怕一个错过，他们就再没有可能。

她也知道，今天的陆予森，有点不一样，像突然松掉的螺丝钉，给了她有缝可插的机会。

她见过他将一个大男人过肩摔到地上，所以凑上来的时候，她是下了狠心的。

但对方没有动作，也没有任何回应。

任凭她一个人胡作非为。

等她那点勇气终于耗尽，满足又后怕地松开他，她才听见陆予森的声音。

"别发酒疯。"

陆予森按住她的肩膀，好像刚才什么都没发生过，推着她走了几步，才松开手。苏茶觉得肩上一轻，恍恍惚惚，激动的血液因子这时候才冲上脑袋。

她转头看着没有表情的陆予森，半得意半试探地说："陆予森，你其实……也不是对我一点心思都没有吧？"

回应她的是穿堂的风，和一双看不见底的深瞳。

Chapter5 ▼

你的六月天

在她之前，没有比她好的人；
在她之后，也再遇不到了。

1.

裴隐舟说："苏茶，你约晏南去泡温泉怎么样？"

苏茶正打着字，听到这句话，脸上不由得浮上一抹八卦的笑，她蹬掉脚上的拖鞋，盘腿靠在沙发上："听说你上次醉得挺严重的，都好了？"

自从裴隐舟上次喝醉之后，他好一段时间没有出现在她们眼前了，连她都以为他就要放弃了。

"嗯，好了。"裴隐舟笑，"记得约她。"

苏茶挂了电话，对裴隐舟还是很看好的。年少成名，一毕业就开了 Try To Love，每年光营业额就是同班所有同学年薪总和的数十倍，更别说那些盘根错节的人脉关系了。

偏偏就是这样一个人，在喜欢这件事上仍旧纯粹认真，喜欢就去靠近，难受就躲起来发泄，胆小又执着，越挫越勇，不知后退。

苏茶蹲在沙发上，朝楼上喊了一声："亲爱的，我们出去逛街。"

她一这么喊，楼上的晏南就心里发慌，抖落了一身鸡皮疙瘩之后，迅速换了衣服下楼："现在？"

苏茶想到她借着身体不舒服为由在床上躺了一上午，暗暗腹诽，果然，逛街才是治愈女人最好的良药。

换好衣服下楼，晏南已经又端着杯红酒喝了。

"怎么又喝上了？"苏茶一脸无奈，匆匆上前夺了她手上的酒杯，拖着她就往外走，"我们去买衣服。"

苏茶并不热衷于买衣服，突然这么说，让同行的晏南有些惊讶。

"你这是……打算上垒了？"晏南挑着眼睛，对苏茶的心思明明白白。

苏茶也不反驳，顺口一接："是啊，所以需要漂亮衣服。"

晏南笑："第一次见你这么认真，还真有点不习惯。"

"那……看在我这么认真的份上，你就出点血，送件衣服给我。"

晏南瞧着她，女人之间没有真正的友谊，这是真的，这丫头就是看上了自己的钱。

巧了，她最多的就是钱。

"没问题，瞧上哪件，送你。"

两人这么一说一闹，已经走到了小区大门，还没等苏茶说出去泡温泉的事，先听到了一个熟悉的声音。

"之前都能进去的，现在怎么就不能了？"于桃穿着粉色棒球外套，戴着帽子和墨镜，只露出一小张脸，隐约看得出不悦。

保安没认出她，摆摆手："说什么都不给进，之前才出了事儿，你要进去，出事谁负责？不行不行。"

于桃哪被人这么拦过，一时更生气了："我解释过了，我是来找我师姐的，不然你给她打电话，她叫……"她这时有点后悔，当时为什么嫌那个名字太碍眼，冲动删了号码。

"管她叫什么，我只是个守门的，没电话，你要有能耐，自己打电话。"

保安四五十岁，不追星，就算知道面前站的是影后继承人于桃，也是一样的态度。

于桃气得想跺脚。

"桃桃。"晏南看于桃被堵得差不多了，再这样下去，小姑娘脾气该起来了。

于桃反嘴就是一句："都说了不要叫我桃桃！"她转过头，看见站在晏南身边的苏茶，一怔，"你怎么……"

"有事？"晏南走过去，看了看默默走到一边的苏茶和一直盯着苏茶的于桃，笑了一声。

这一声把于桃拉了回来。

她脸上有怒气，本来就是来找麻烦的，又碰上保安这么一拦，肺都要气炸了。

"安导的那部新戏，听说是要找你当主角，你为什么不去？"

晏南了然，原来是这事。

她抱着手臂，轻轻地笑："他现在不是让你当主角了吗？你想让我去？"

"他选我是因为我比你更适合角色。倒是你，既然已经退出娱乐圈，就安安分分地做个普通人，不要再掺和娱乐圈的这些事，"于桃双手环抱在胸前，挑着下巴，讽刺地冷笑，"不要再阴魂不散。"

晏南不以为意，故意气她："那是我的事，不劳师妹你操心。"

于桃这姑娘，有天赋又努力，就是不太自信，敏感又多疑。晏南都帮她磨了好多年，还是没磨得掉。

迟早要吃亏。

"怎么？你现在又有心思重新进娱乐圈了？是不是最近的炒作

让你发现，你已经离不开以前那种万众瞩目高高在上的生活了？你就不怕某天摔下来摔得太狠吗？"于桃抓了一把头发，继续冷笑，"或者，前段时间的炒作，也都是你的计划？要真是这样，你应该先告诉我一声，我毕竟是你的师妹，你有需要，我也会毫不吝啬地把手里的照片交给各位记者的。"

晏南看着她，然后就笑了。小姑娘果然还是单纯，又没人知道她拍了照，怎么自己先承认了？

"她没那闲工夫。"

正发泄着，背后突然传来一道男声，随即一个人影走过来，将晏南拉到了身后，一副防备的样子看着她。

于桃说："谁知道呢？你们难道没看出来，她就是一个心机……"

"那是为你好。"晏亓沉声打断，"虽然你瞎，但我姐好像对你不错，在你说错话之前，最好闭上你的嘴。"

"你才瞎！你全家都瞎！"

晏南和苏茶憋笑憋得肚子疼。

原来晏亓是不鸣则已、一鸣惊人的潜藏段子手。

晏南拉着苏茶离开："交给小亓吧，我们继续去逛街。"

苏茶这才弯起嘴角："看你一点也不意外，以前经常这样？"

"何止，我以前还见过他把一个一米八的壮汉说得恨不得找条地缝钻进去……那时候他才八岁。"

苏茶咂咂嘴："那要是哭了怎么办？"

"让他哄呗。"

苏茶抱着拳头，朝她一躬："实力坑弟。"

商场不远，人也不多，两个人慢悠悠地一家店一家店地转，一点也不觉得累。

两个小时后，苏茶选到了喜欢的裙子，将裙子拿去付款的时候，她按住拿着卡要递过去的晏南的手。

"其实今天出来，是打算约你去青川泡温泉。"

晏南顿了顿，抖开她的手，将信用卡递到售货小姐手中："裴隐舟让你约的？"苏茶以前懒得从二楼下来取个快递都不愿意，说周末是用来休息的，哪能没事约她泡温泉。

苏茶点头："当然，我也有私心。"

晏南佯装生气地把包好的衣服丢给她："知道，不就是对面的小鲜肉吗？"

女人的感情，有时候也败在重色轻友。

"所以你去吗？"

晏南抬手推开那颗期待又兴奋的脑袋，没好气地说："去。"

为什么不去？

有些事情，躲不开。

既然裴隐舟想，她就去断个明白。

知道苏茶顺利地邀请了晏南，作为交换，裴隐舟也去邀请了陆予森，他却跟块木头一样，怎么也劝不动，说要去隔壁省的村子里做考察。

裴隐舟抱歉又心虚地将消息告诉苏茶，后者却一点也没闷闷不乐，甚至还在早晨陆予森出发之前跟他挥了挥手，说一路平安。

裴隐舟感激涕零，拍了一把她的肩膀。

好哥们儿！

2.

虽然苏茶那天大大方方送他走了，陆予森却觉得，苏茶那小姑娘，有点生气了。

从她强吻他的那天晚上开始，他就开始躲着苏茶，不为别的，他需要想清楚自己的心思。

别人都看他光鲜亮丽、高高在上，认为他不跟人说话是因为看不起人。谁也不知道，他是真的怕跟人相处。

陆柏原是商人，听说是因为跟陆爷爷赌气，故意进了陆爷爷最不喜欢的商圈，后来又为了赌气，跟他妈妈有了商业联姻，生下了他。换句话说，他只是商业联姻里的一场意外。婚后，陆柏原借着工作，长时间不回家，久了，他妈妈觉得没面子，一气之下将他交给爷爷奶奶。

　　打从那之后，那座小山成了他的家，他再没能见过陆柏原和妈妈。

　　山上偶尔有小孩子，有路过的，也有迷路闯进来的，他会兴高采烈地跟他们玩，玩过之后再送他们下山，第二天又去山下等他们。但他们都没再回去过。

　　后来，他遇到一个男孩子，第一次弄脏了他的新衣服，第二次咬了他，第三次将他推下了小山丘。他从那之后就有了阴影。

　　但真正的阴影，是因为陆柏原。他五岁的时候，妈妈过世了，陆柏原来接他。他在家里住了一个星期之后，陆柏原特地带他去商场的儿童乐园散心，想让他跟其中一个小男生做朋友。他年纪小，又从来没有朋友，只顾着高兴了。

　　后来他才知道，陆柏原只是利用他拉近跟对方家里的关系，然后吞并对方爸爸的公司。小男生的爸爸后来自杀了，他焦急地跟着爸爸去慰问，却被拒之门外。

　　陆柏原永远记得小男生和他妈妈的眼神，像在看十恶不赦的罪人。

　　起初他只是难过避着人，后来却渐渐习惯了，再加上懂事之后见到的同学之间无形的争斗和决裂，越发觉得情感脆弱。

　　他将自己封闭起来，不愿意轻易把心交给别人，想着大不了一辈子就跟这些植物一起过。

　　却有一个人张扬地闯入他的生活。

他愕然发现，自己的眼神竟然移不开了。

……

他以为，这次出来是想清楚的好时机，却不知道为什么，想起离开之前她那句含笑的"一路平安"，他怎么也静不下来，一有时间就抱着手机，也不知道在等谁的消息。

"老韩，我怎么觉得师兄最近……吃错药了？"贝贝疑惑不解。

换作是以前，陆予森的手机都是放在他身上的，有时候结束了都不见得会找他拿回去，这次却压根没给他。

韩远信一巴掌拍上他的脑袋："胡说什么！你不是说有姑娘喜欢你师兄吗？我看啊，你师兄是有心思了……再说了，就算你师兄吃错药，那也比你靠谱！"

贝贝卒。

偏心师兄的不是只有他，还有身边这个韩老头。

他抬头看了一眼走远之后迅速被几个小姑娘围住的陆予森，叹息了一声。

"哎哎哎，姑娘们，别都在我师兄旁边转了，他是有主的人，要转来我这里转。"他觉得自己的行为可谓是很大公无私燃烧自我了。

姑娘们失望而归，路过贝贝的时候瞪了他两眼。

贝贝也不介意，张嘴就唱起了不知从哪里学来的小曲："找啊找啊找朋友，找到一个女朋友，亲亲嘴啊拉拉手，今晚生个小朋友……"

他什么时候也可以有个小女朋友？

陆予森自顾自地往有信号的地方走。

裴隐舟在进驻他家的第一天，就十分强势地往他手机上输了自己的号码，并顺手帮他申请了微信，加了彼此为好友。

他点开朋友圈去看了两眼，裴隐舟贴的都是晏南和他的图，只有一张，氤氲的雾气中，小姑娘背对着镜头，回眸看了一眼。

那双眼睛藏着看不透的情绪，和纷繁的大千世界。

陆予森觉得自己真疯了。

他什么时候这么关心过别人的生活？

正想着，韩远信提着两瓶水过来了，往他身边一坐，八卦兮兮地看着他。

陆予森被他看得瘆得慌，手一滑，按了点赞，他也没想取消，收起手机，接过水拧开，往喉咙里灌了几大口，才侧过头问盯着他的韩远信："老师有事要问？"

八卦之火燃了起来，韩远信眼睛比灯泡还亮："你小子，最近是不是有什么情况，那个追你的小姑娘，叫什么来着……"

"……苏茶。"

"对，就是小苏，你俩怎么样了？能成不？"韩远信追问着，语重心长地拍着他的肩膀，"你也是，不要老这么端着，我看你对人家姑娘也有点意思，没事多给她发发信息，促进促进感情，别分开几天又生分了。"

陆予森好像听进去了，又好像什么都没听进去，若有所思地盯着面前的树。

发信息？

她除了那一次醉酒，好像都没怎么跟他发过信息吧。

别的小姑娘追一个人，手机都像长在身上，连洗澡都要带进去，她却不一样，只想着偶尔来占他的便宜。

真是个难懂的小姑娘。

想着不能拔苗助长，韩远信站起身，走了两步又转头说："要是成了的话，记得第一时间带来给我看，让我也高兴高兴。"

陆予森没太认真听，只听到"给我看"，以为是让自己发现什么的话要给他看，想也不想地应了声"好"。

韩远信一惊，右脚绊住左脚，差点摔了。

这小子，真有戏了！

3.

苏茶因为陆予森的一个点赞，稍微开心了一点，但很快收到贝贝的微信，说师兄可能要被拐走了，下面还有一张照片，陆予森被一群姑娘众星捧月一样围在中间。

她觉得某人太惹眼了。

怎么有种想拿链子把他给锁起来的冲动？

苏茶捂着脸，觉得自己的想法太羞耻。这一举动被正要来找她的晏南看见，对方吓得不轻，捂着自己因发烧而昏昏沉沉的脑袋，转身就要回房间。

裴隐舟在她后面跟着，也因为苏茶的动作愣了一下。

这一静一动，晏南栽进了裴隐舟的怀里，几乎是下意识地，裴隐舟抬手想要回抱她，然而手举到一半，他又放弃了。

苏茶遗憾地叹了一声，这榆木脑袋，平常随随便便投个几百万都不见眨眼的人，怎么老是在关键时刻犯怂呢？

苏茶走出旅馆大堂，想出去晒晒太阳，才走没两步，有人叫住了她。

"Canace？"跟上来的是个金发小卷毛的男人，二十三四岁，肤色白皙、五官精致，尤其一双碧蓝色的眼睛，衬得整个人像童话里走出来的精灵。

苏茶并没见过这张脸，对他喊出的名字更是震惊。那是她高中毕业时参加一个摄影比赛时留的名字，当时作品获了奖，她没去领，照理说不该有人认出她。

　　"你好，我是霍文，跟你一起参加了极星杯，拿了银奖。"霍文对能在这里遇见苏茶意外又惊喜。那年，苏茶以黑马之姿获得了金奖却缺席了颁奖典礼，他失望之余求了爸爸很久才从组委会那儿得到了苏茶的联系方式，并来中国找了她。不过当时她已经搬了家，他只能通过从她高中同学那儿得到的毕业照认识她。

　　"我来找过你，想看看赢过我的是个什么样的人，可惜没见到你。"虽然如此，毕业照上十八岁的苏茶给他留下了深刻的印象。

　　苏茶微微一笑，礼貌地称赞："你的中文不错。"

　　"我在京大读了三年的中文。"霍文笑起来的时候有一个小梨窝，"你为什么没去领奖？"

　　"没钱。"

　　"哦，"霍文察觉她有不想说的话，却还是问了一句，"那你现在还玩摄影吗？"

　　苏茶没有应答。

　　后来的聊天里，苏茶知道霍文是法国人，爸爸是摄影圈的名人，他来中国学中文的那三年，一直在打听有没有一个叫 Canace 的人。

　　这么久的时间，能有人记住她，寻找她，她很感激。

　　霍文说："要是有新的作品，还请给我看看，我是真的很欣赏你的才能。"

　　苏茶点头："嗯。"

霍文又说："对了，你现在有……"

苏茶说："有，我有男朋友。"

她坦坦荡荡，倒叫霍文不好意思起来："你都看出来了……"

苏茶笑了起来。

喜欢一个人的目光太过明显，灼热又忐忑、迫切又退缩，都只围着那一个人转。

别人看不见，只是因为不想看见。

两个人坐在树下，聊得挺开心，抬头看见晏南跟裴隐舟并肩走出来，大热的天，晏南穿着件长到小腿的风衣，戴着帽子和口罩，整个人捂得严严实实。

"原来你在这儿。"裴隐舟盯着霍文，意有所指。

苏茶坦然自若："嗯，他叫霍文，刚认识的朋友。"

一个慢热的人，这才分开十分钟不到，就认识了一个新朋友，两人还聊得这么火热？

怎么想都觉得有问题。

裴隐舟说："既然是朋友，不如先留影一张。"说完蹲了下来，认真找了个角度，拍了一张两人的合照。苏茶十分配合，甚至在霍文大方将手搭在她肩上的时候也没躲开。

裴隐舟拍完之后立刻发了朋友圈，附文曰："莫名觉得很相配。"

　　霍文放下手，小声地笑："刚才那照片是要发给你男朋友的吧，你们吵架了？因为他没来陪你？"

　　苏茶说："他把工作当女朋友。"

　　霍文"哈哈"笑了两声："我下午就走了，有机会的话，下次再见。"

　　"嗯。"

　　裴隐舟看热闹不嫌事多，想着要在下面 @ 陆予森，刚找到名字，就听见旁边的晏南说："茶茶，你陪我去医院。"

　　得，又亏了。

　　他决定打电话去气陆予森，电话刚一接通，他便迫不及待地开口："喂，你女人有外遇了！"

　　电话那头贝贝正拿着小刀在处理制作样方架的木条，听到这声大喊，手一歪，差点削掉大拇指的一块肉，气得吼回去："又不是你女人有外遇了，你急什么急！你是不是打错电话了！我没有女人！要骗去骗别人！"

　　话音一落，韩远信朝着他的膝弯踢了一脚："臭小子，说了要淡定要淡定，你一天咋咋呼呼干什么！"

　　贝贝抱着手机跳开："还不是有人乱打电话！"

　　眼神一晃，他看见自己手上的手机，呆了两秒——咦，怎么是师兄的？

　　这么说……

"师兄，不好了，小薄荷有新欢了！"他决定换种说法。

韩教授又是一掌，结结实实地拍在贝贝的后脑勺上，拍得他整个人都站不稳，耳里一阵轰鸣，等扶住树站稳之后，他气不过回头吼了句："老韩，你再打你孙子就被你打死了！"

韩教授捡了根长树枝挥过去，一下不中又是一下，追着贝贝绕："你个臭小子，整天胡说！你再说一个死字，我打断你的腿！别跑！"

混乱中，陆予森接过贝贝丢来的手机，点开朋友圈看了眼。

笑靥如花的姑娘被金发美男单手搂着，文静又温婉。

"确实……配得很。"

五百多公里外的青川，裴隐舟莫名感受到一股寒气——嘶，要变天了吗？

苏茶不知道这一切，她陪晏南看完病之后，被对方拖着在屋里看了一下午的美剧，晚上十一点才放她睡觉。

睡到半夜，她听到一声雷鸣，下意识地往被子里一缩，差点弄醒怀里圆滚滚的小家伙。

苏茶睁开眼，轻轻拍着楚楚的背，后者双手紧紧拽着她的衣领，小脸皱着，像在忍着哭。

晏南说，楚楚的爸爸就是因为雨夜里的车祸过世的。

"不怕，我们都在。"她一遍一遍地安慰着楚楚，甚至忘了自己也是个怕打雷的人，上次在陆予森家，她就是被一道雷声吓得摔到地上的。

等到雷声渐停，楚楚脸上的表情才终于放缓，苏茶松了一口气，背后都是一层冷汗。

之后她再没睡好。

六点一刻，苏茶睁开眼，终于不挣扎了，替楚楚掖好被角，披着衣服走到外面打电话。

她以前常笑陆予森的生物钟像老人的作息时间，无论前一天多晚睡，第二天六点准时醒，没想到现在倒很庆幸，他醒得比常人早，所以她能早那么一点，找到他。

苏茶吹着凉风，看着窗外慢慢转亮的世界，昨晚一场雨后，天色更加澄澈。

"喂，陆——"

"不好了，小薄荷，师兄掉下山崖了！"

4.

出云村。五点四十。

村子里的人仍旧过着日出而作日落而息的生活，才五点，家家户户都已经下田开始耕作，炊烟从石头砌的烟囱里冒出去，随着风飘远。

陆予森这日醒得早，打算出门转转，门刚打开，撞见了这户人家的女儿，十二三岁，黑发扎在脑后，露出张白白净净的小脸。

他看出女孩换了条头绳，黑色的绳子上有几个红得发亮的小果子。

"陆哥哥。"阿萝腼腆地垂下头，耳朵已经红了。

她手里端着壶洛梨金花茶，是用晒得半干的洛神花和金花，辅以雪莲果和薄荷叶煮过三道才好的，茶刚煮好不久，香气和氤氲的热气一起从壶口飘出来。

"陆哥哥是要出门吗？"

陆予森点头，不太习惯地扯了一下嘴角："想去山上看看。"

阿萝抬起头，脸蛋被热气熏得发红："陆哥哥要不要先喝杯茶，很好喝的，喝完我陪你上山。阿妈说山上有山鬼，一个人进山会有危险的。"

毕竟是阿萝一家热情收留了他们，陆予森没拒绝，点了头。

出云村四周环山，村子处在最低的盆地，平常在村子里也没信号，他原本是想上山发短信的。

"陆哥哥是要给人打电话吗？"阿萝将茶递给他，瞟了一眼他包里露出来的手机，"我跟你上山会不会打扰到你？"

陆予森说："顺手带了。"

阿萝笑着伸手，从他口袋里拿出手机："那我帮你放回去吧。"

她模样纯真，让人生不出厌。

陆予森点头，随她去了。

喝完茶，两个人一起去了最近的一座山。

山里还有雾，但不影响视野，相反，山林因此染上一层神秘又独特的美。

阿萝在前面小跑着，天真可爱，一条小辫在后脑勺一晃一晃的，她穿着手工缝制的衣裤，宽大的绿色裤脚上绣着两朵大红花。

也只有小姑娘能把这样艳俗的颜色穿出美好的样子。

陆予森不自觉地在脑海里想象苏茶穿上这身衣服的模样，轻轻笑了笑。

"陆哥哥，你在笑什么哩？"阿萝摘了两朵黄色的野花跑过来，看见陆予森在笑，惊讶又欣喜。

她从小生活在这个小村子里，什么时候见过这样的人？

美好得像这山里的神仙。

陆予森抿了抿唇："没什么。"

阿萝有些失落，明明他就有想事情，为什么不告诉她呢？难道在想他城里那个女朋友？

"陆哥哥在想喜欢的人吗？"

陆予森看着她，目光平静，看清了所有。

小姑娘最初是笑着，然后便咬着唇，泪花在眼睛里打转。

"陆哥哥，你要走了吗？"

他们在这里停留了三天，什么都没有发现，之前以为的新品种只是因为当地土质特殊而产生的变异品种。

阿萝在门外听见，韩远信跟他们说，今天中午就走。

"阿萝。"陆予森喊。

他蹲下身，尽量温柔地看着阿萝。

她还只是个孩子，比当初那个咬他的孩子要柔弱很多，他不能板着一张脸跟她说话，会吓到她。

"阿萝，你还小，以后会遇到更多的人。"你会忘记我，你现在觉得难过，是因为你从来没有经历过告别，只有经历并习惯接受告别，你才会长大。

当然，后面这些他都不知道要怎么跟她说，但是他相信阿萝会懂。

阿萝听不懂，她难过地把刚才想要送给他的花丢在了他脸上："你为什么要走？你是不是不喜欢阿萝？你是不是不会回来了？"他们村子里不是没来过外人，那些人说着会回来，后来都没有回来。

阿萝不明白，他们为什么会言而无信。

陆予森皱了皱眉，看着跑开的阿萝——在山里这么乱跑会不安全，她都忘了吗？

他抬脚跟上去，很快追上阿萝，蹲下身，耐心地按住她抽动的肩膀："会回来。"他目光澄澈，带着笃定和安慰的力量。

他喜欢这个村子，不仅因为它的名字，也因为这里纯粹自由的村民们。

"不仅我会回来，我还会带着我喜欢的人一起来。"陆予森说。

小姑娘听到这里，也忘了哭，睁着大大的眼睛问他："陆哥哥喜欢的……是什么样的人？"

"她呀，就是个嘴硬的小姑娘，看起来胆大得很，其实还怕打雷……"陆予森自己都没发现，说起苏茶的时候，他的嘴角不自觉地上扬。

好不容易阿萝不哭了，他拍着她的肩膀，准备带她下山，谁知道转身的时候两人踩到了一块松动的石头，他想也不想地将阿萝推了上去……

贝贝去找陆予森，走到半路看见一个小姑娘旋风一样朝他撞过来，他来不及躲避，就生生受了她那一撞。

阿萝跑得太快，脑袋有点缺氧，晕晕乎乎的，看见个人就扑了过去，谁知道是个没什么力气的人，两个人一块滚到了地上。

过了一阵儿之后，贝贝揉了揉被树枝硌到的腰："哎哟，小姑娘，你这一撞可不得了……"

话音还没落，小姑娘满脸是泪地往他怀里扑："陆哥哥，陆哥哥，掉下去了——"

阿萝又一阵喘，没听见对方的声音，抬头看了一眼，贝贝呆愣在原地，还没反应过来。

阿萝一咬牙，抬起手挥了过去："去救人啊，陆哥哥掉下去了！"

实实在在的一巴掌，贝贝被打得七荤八素，直到听到手机振动的声音，瞟见从阿萝包里滚出来的熟悉的手机。

上面写着来电人——苏茶。

贝贝抓起手机，跳起来就往山上跑："不好了，小薄荷，师兄掉下山崖了！"

青川。

苏茶只觉得喉咙像被一颗螺丝钉击中，张嘴，发不出一个音，脑子也一阵眩晕，耳朵里都是风声，什么也做不了，什么也看不见。

之前想跟陆予森说的话现在一个字也记不得了，再打电话过去，电话已经无法连接。她转身就往裴隐舟住的 2207 房间跑，差点没把他的房门给拍碎。

顶着一头凌乱的头发来开门的裴隐舟被瞪着双眼鬼一样的苏茶吓得尖叫。

苏茶一把拽着他的袖子，平静地问："他们去了哪个村子？"

裴隐舟却觉得她像是要吃了他。把陆予森的去向告诉她之后又好一阵安抚，他才了解了情况，安慰她："别紧张，他没那么容易出事，在山里待了这么多年，指不定山神都认识他了。"

苏茶想要翻个白眼，却没成功。

同房间的晏亓端了杯温水过来，看了他一眼："不好笑。"

晏亓坐在苏茶旁边，照着她说的地方，先在网上查了票。那地方有点偏，这个时间点只有火车票，坐过去之后转一趟汽车就能到。

"开车会快一点吧，我让我朋友把车送过来。"裴隐舟已经拾掇好，积极地在想办法。

"不行，路不熟，又是山路，容易出事。"尽管心里慌乱，苏茶的脑袋还是清醒的，她双手抓着刚买的新裙子，上面留了很深的褶皱，"还是坐车去，帮我订最快的票。"

头上突然被人戴了副耳机，温温热热的，里面传出柔和的女声，浅唱低吟，柔而婉转。

晏亓说："先休息一下，我叫了车，等我收拾好就去车站。"

两个人到车站已经又过了半个小时，苏茶觉得每一秒都很煎熬，耳里的音乐声也救不了她。

晏亓将她安置到座位上，嘱咐她不要动，随即自己一个人拿着两人的身份证去取票，取完票之后又返回来，带着她去检票。

进了候车厅之后，他买了牛奶和面包，通通塞到她手上："等会儿要坐十个小时的火车，先垫着，饿了我们再在火车上买。"

他怕她觉得不舒服，俯下身又调整了一下耳机的位置。

越是被别人这样小心翼翼地对待着，她越是拼命忍着眼泪，越是忍着，越容易爆发。

苏茶将指尖死死地掐进肉里。

其实这些年，她因为做新闻，见证了很多事故、死亡，她永远平静，像是从来不知道害怕一样。

但其实在她的心里，永远记得那一年的夜里，爸爸从施工的楼梯上摔下去，血流了满地，没等来一个人。

她没有见过那一幕，却像身临其境一般，记忆根深蒂固。

晏亓蹲在她面前，轻轻地拍着她的手背，尽管她始终低着头，他也能猜到，那张脸上充满了难过和害怕。

在他的眼里，她从来不是强悍的女战士，她只是一个握着刀忍着泪的小姑娘。

一直到上了车，苏茶还是一句话不说，只一个劲地打电话，陆予森的、贝贝的，反反复复地打。

听到的都是："对不起，您所拨打的号码暂时无法接通，请稍后再拨。Sorry!The subscriber you dialed can not be connected for the moment,please redial later……"

晏亓也不劝她，只安静地坐在旁边，隔一会儿递给她水，隔一会儿又递给她一个三明治。后来她累了，睡着了，睡得很不安稳，他便将她的脑袋扶到自己的肩膀上，拿过手机关了静音，隔两分钟看一眼。

苏茶闭着眼睛，她时常惊醒，却不睁开眼睛，晏亓拿走电话的时候她也是有感觉的，但是她没有睁眼。

她不想让晏亓为她担心。

原本这一趟，她是想一个人去的，却不想晏亓还是跟来了，也好，她不用一路这么害怕了。

虽然身体止不住地抖，但是心里总是有那么点暖的。

至于陆予森——

谁让你要工作不要美人了，现在出事高兴了？

不过，你最好还是没事吧。

不然我找谁报复回来。

到达出云村的时候，已经晚上七点了，天色渐晚，夕阳染得云朵通红。

两个人从车上下来之后走得很快，额上都被热出了汗，黏糊糊的，连呼出的气似乎都像烧着了一样。

晏亓递了张面纸给她。

远远已经看得见出云村的村落了，走过的山路上有车轱辘的辙，深深浅浅，有几道是新的，翻出的泥里还带着点湿气。

她低头看着鞋上的泥，瞟见手里的手机亮了一下。还不等她接起，晏亓的电话也响了。

打电话过来的是晏南，开口就说："让那傻女人接电话！"

晏亓把手机放到苏荼耳边，后者正低着头，看着通话记录里的"陆予森"三个字，手一抖，回到了待机屏。

晏南的声音从贴在耳朵上的话筒里传来，一半恨铁不成钢，一半却又由衷地羡慕，她笑了一声："你们是在演偶像剧吗？"

听见最令人欣喜的消息，是什么感觉？

整个人飘在云端，像是经历了一场大梦，恍恍惚惚醒不过来。

整颗心被人捏着，捏了一路，突然被松开，喘一口气，连呼吸都是抽痛的。

苏荼捂着胃蹲下去，紧紧地抱住自己，背上全是松懈之后猛然沁出来的冷汗，风吹在身上，像要结冰。

新裙子拖在泥泞的小路上，她看也不看，一双眼睛盯着不知道什么地方，呆呆的，像只被丢弃的小狗。

她镇定又小心地问："你是说……他没事？"

晏南干脆将电话递给了陆予森，他的声音透过听筒传出来，有点虚："我回家了，你在哪儿？"赶回来之后，晏南也只顾着笑，没来得及跟他说明情况。

但他大致也猜得到。

苏茶哭丧着脸："马上就到出云村。"

陆予森说："我去接你。"

苏茶看了眼自己的样子，嘴唇被咬破了，裙子和鞋上都是泥，再一看天色，已经越来越暗。

她站起身，拉了拉旁边的晏亓。

"不了，你刚回去，好好休息。我也累了，歇一晚，明天回。"

既然阴错阳差来了他来过的地方，她也想看看他看过的风景，走走他走过的路。

5.

"十月神无月，俗以神集出云云。惟出云谓之神有月。"

日本民间认为八百万天神于十月在出云集会，除出云以外，日本各地都是没有神灵的，因此出云称十月为"神有月"，其他的地方叫"神无月"。

明郑舜功《日本一鉴》里的这句话，是出云村的名字来源。

出云村老村支书的祖先好读书，常常走很久的山路去外面借书回来看，村民请他取名的时候他刚好读到这儿，随口一说定了这个名字。虽然跟日本出云重名，但也表达了老村支书祖先对村子的祝福，希望这里有神眷顾，有神护佑。

"姐姐，你相信有神明吗？"阿萝坐在苏茶旁边，双手抓着木质的长凳，藕色的小腿在空中交错着晃啊晃，头微低着，一双眼睛不知道在地上找什么。

苏茶大概知道，小姑娘看见她就想起陆予森，想起陆予森就觉得又难过又抱歉。

她一路问着人过来，只想住在他待过的地方，到了才知道他是为了救阿萝才遭遇了危险，阿萝的阿妈阿爹拉着她的手又感谢了一番之后，格外热情地给他们准备了热茶和零嘴，转身就进了厨房做晚餐。她说她和晏亓都不挑食，简单一点就好，但这都一个半小时过去了，想必是一顿大餐。

阿萝最初躲在门后面看她，猜到她就是陆哥哥的心上人，小眼睛里滚着泪花。

苏茶没有理会，拉了张凳子坐在院子里，看晏亓默默地帮他们劈柴，好一会儿之后，阿萝才走过来，跟她并排坐在一起，说起了出云村的来处。

"我相信啊。"

等不到苏茶的回应，阿萝干脆自己答了。说这句话的时候，她像是终于准备好了，抬起头看向旁边的苏茶，一双大眼睛里盛满了年少的纯真和信仰。

"我相信有神明，所以哥哥会遇到姐姐，我会遇到哥哥，姐姐会遇到我。"

苏茶觉得阿萝这番话有点意思，像小姑娘才会说的话，却又好像真的有那么点哲理。

也不知道是想到了什么有趣的事，阿萝轻轻地笑了起来，小小的脸蛋染上一层红霞，眼睛也跟着眯成一条缝："陆哥哥说，他以前不爱说话、也不知道怎么对别人好，要是早一点遇见我，可能也不会搭理我，但是在遇到我之前，他先遇到了姐姐。是姐姐改变了他。虽然我没有见过他以前的样子，但是我相信他说的话，他说起姐姐的时候，整个人都像在发光。"

苏茶不自觉地抬手拍了拍阿萝的脑袋，小姑娘不害怕之后，倒是挺可爱的。

不过，现在的小孩都这么会说话吗?

陆予森为什么要跟小孩子说这些?

对她说多好……

苏茶脑补了一下陆予森一本正经说这些话时的表情，忍不住笑了笑。她不笑的时候看起来严肃又凶巴巴的，笑起来倒是让人觉得很亲切。

　　阿萝干脆出卖了陆予森，把该讲不该讲的话都说了："姐姐，你怕打雷吗？陆哥哥说你在他家的时候被雷声给吓得滚下了沙发……"

　　嗯？他什么时候知道的？

　　"他还说了什么？"

　　"他还说，姐姐平时看着挺不认真的，喜欢同时做好多事，但转头又会默默地花心思，每件事都做得很不错……"

　　这个人，平时不见说她一句好话，都囤到现在说了吗？

　　"还有呢？"

　　阿萝弯下腰，双手放在膝盖上，撑着脑袋想了想："哥哥说，他最开始挺讨厌姐姐的，觉得吵……但是后来，没有姐姐在身边吵他，他都觉得没意思。"

　　"……"

　　"对了，还有还有……"

　　那是他离开之前，对她说的最后一句话。

　　"哥哥说，他有很重要的事情，想要跟姐姐谈，多一秒都等不得。"

　　那天晚上，两个长辈一个劲地往苏茶的碗里夹菜，连阿萝都看得出来的事情，他们当然也看得出来，热情地想要回报陆予森的救命之恩。

　　苏茶高兴，吃得胃都快撑爆了。

晏亓不知道从哪里变出来两粒健胃消食片，塞进了她嘴里。她稍微好受了点，笑他原来是她的哆啦A梦。

其实他哪里是哆啦A梦，早在出发去温泉之前，他就把所有可能会用到的药都买齐了，感冒的、发烧的、胃痛的，甚至连红糖姜茶都准备好了。

晏亓买了第二天最早的车票，两个人好说歹说才让阿萝一家断了要送他们去车站的念头，一番告别后，顶着风去了人烟稀少的汽车站。

还没进站，苏茶先看见了站在一辆黑色轿车前的陆予森，带着满身寒霜，在等她。

他应该开了一整夜的车，怕她看不见，又站在风里等了一阵，隔得远远的，都能感受得到他因为风尘仆仆而染上的疲惫。

那种不真实的感觉，再一次在脑海里打转。

两个人在原地站了不知多久之后，陆予森才抬手，朝她招了招，在她朝他奔去的时候，他也没有站在原地等，而是朝着她的方向走。

在他们的故事中，她已经主动了很久，女孩子本不该如此辛苦的。

那么这一次，就换他拥抱她吧。

陆予森张开双手，轻轻地拥住她，脸上带着温和的笑意。

终于有一天，他的笑是因为有她的存在。

"好了。"陆予森拍了拍苏茶的脑袋，"回去再抱。"

苏茶松开手，这才看见他被包扎起来的右手："你哪儿受伤了？我看看！"

陆予森按住她的肩膀："没事，都是小伤。"

他抬头看了一眼苏茶身后戴着耳机扭开头的晏亓，在他经过的时候说了一声谢谢，十足的家属姿态。晏亓也不知道听没听见，脚步不顿，拉开后座车门坐了进去。

苏茶看了一眼陆予森，她跟晏亓都没驾照，想帮忙也帮不上。而他带着伤开了一晚上的车，现在还要开回去，想想，还是有点心疼。

但她很快就没再想了，前天翻来覆去睡不好，昨天又兴奋得没怎么睡着，也不知道是太累，还是他在身边的缘故，上车没一会儿，她就靠着窗睡着了。晏亓找来车上的一个小靠枕，塞到她的脑袋和窗户之间，一举就是一路。

陆予森看了一眼，什么都知道，却也什么都没说。

到家已经是下午，陆予森停好车，为苏茶解开了安全带，在晏亓识趣地下车之后，含着笑问她："上去睡？"

苏茶一张脸被暖气吹得红扑扑的，目光闪烁了几下，故作潇洒地笑："还是回家睡吧，你也要好好休息不是？"

话一说完，她看见陆予森似笑非笑的表情，这才意识到自己说了多容易被误会的话，恨不得想要扇自己一巴掌。

但话都出口了，解释等于越描越黑，收也收不回来，她平时撩他也撩了那么多次，索性咬着牙补了一句："改天去睡。"

说完，小姑娘昂首挺胸地进了门，剩下陆予森站在原地，哭笑不得。

而一关上门就飞速跑回房间将自己锁起来的苏茶，整个人陷在柔软的大床上，害羞地用枕头捂住了自己的脑袋。

在你面前的那个我，连我自己都快不认识，她那么喜欢你，喜欢到不自觉就说了那么多傻话，做了那么多蠢事。

陆予森，我不知道我为什么会这么喜欢你，但从遇见你开始，我就只看得见你。

我猜，这一定是我们的缘分。

这一觉并没有睡很久，苏茶醒来的时候天刚黑，晏亓刚从厨房忙完，打算放好饭菜之后就去叫她。

晏南坐在餐桌前，面前总算没有了红酒，她嘲笑苏茶："你这是闻着饭菜香醒过来的？"

"没醒我也会去叫你的，睡觉归睡觉，饭还是要吃的。"晏亓独自将准备好的饭菜都端出来，没有大鱼大肉，都是些好消化的。

晏南趁机掐了一把他腰上的肉："傻小子，胳膊肘往哪边拐呢？"

一顿饭，就着晏南不断的探听和打趣吃下去，就连楚楚小公主也跟着掺和，让她早点把对面的哥哥娶进门，给自己当保公。

"什么是保公？"苏茶一时有些当机。

楚楚瞥了她一眼，一副你怎么这么无知的样子，一本正经地解释："女人叫保姆，男人自然叫保公啊。"

"……您说得真有道理。"

饭后，苏茶一脸平静地在晏家母女如出一辙的八卦眼神中，出了门。

她忍不了，才回来的时候怕是梦，现在平静下来，觉得是梦也好，她也要问个清楚。

还不等她按门铃，陆予森先从花园的视线死角里走出来："来了。"云淡风轻得像是两人提前约好了的一样。

苏茶走在他旁边，两个人的影子映在地上，一高一矮，隐隐有依偎的姿态。

"你的伤真的不严重吗？"苏茶找了句自觉很不错的开场白。

陆予森笑了一声，难道真要跟她说他伤得严重她才肯罢休？他抬脚，已经避开了苏茶要伸过来检查的手。

他确实受了一点伤，腰撞在尖锐的石头上，扎了个小洞，被贝贝求着医生多包扎了两圈，大伤只有这一处，小伤却有点多，除了包起来的右手掌之外，手臂和双脚也有不同程度的擦伤和划伤。

但这些都不痛不痒。

"听说你有追求者了？"

两人沿着街道散步。

不闷热的晚上，路灯在他们身上染了色，风吹得蔷薇颤着，好像被它嘴里那些好玩的悄悄话给逗笑了。

苏茶抬头，得意地眨着眼，光都落入她眼里："你是在嫉妒吗？"

"你说呢？"

"你一定是在嫉妒。"

"怎么说？"

"反正你就是在嫉妒。"

两个人一来一回，幼稚得像十七八岁刚刚尝到爱情滋味的少年。陆予森嘴角有笑，觉得偶尔这样幼稚一下也挺好的。

这样想着，他已经将她困在了墙壁和他的胸膛之间，手臂往她腰上一探，轻轻松松将她提了起来。

她很轻，像院子里脆弱的玫瑰。

"太自信，容易受挫。"陆予森低着头朝她笑。

他想起那天他挂在山崖上，脑海里全是她的脸，得意的、挑逗的、温柔的、淡然的……每一张脸都在看他，在对他说，等你。

"我不怕。"苏茶仰着头，闻见花香醉人。

陆予森又笑了一声，在她等不及之前，俯身凑近，温柔又准确地找到她的唇，吻下去。

"听着，说了爱我之后，就不能爱别人了。"

那天，风很柔，花很香，她很甜。

陆予森说，苏茶，我们试试。

他想，在她之前，没有比她好的人；在她之后，也再遇不到了。

Chapter6 ▾
风雨夜与赶路人

曾经，我是既三心二意见异思迁的。
但现在，我只看得上你，
以及跟你有关的人间烟火。

1.

在陆予森看来，两人之间的关系是在一起跟不在一起的区别，对苏茶而言，只是光明正大地撩和名不正言不顺强行撩的区别。

没想到她还挺婉约，不知是恋爱中的女生都会害羞，还是她后知后觉想起要装一下矜持，总之那一天亲吻之后，她连坐都坐得隔他一人远。连三个人坐在一起讨论花店后续策划的时候，她都让裴隐舟坐中间。

裴隐舟受不了，丢下不尴不尬的两个人，去了对门。

陆予森移了过去，问她，莫名其妙地闹什么别扭？她像弹簧一样跳得远远的，耳根子泛红，手在面前挡着，示意他不要靠近。

"我怕，你再靠近，我会忍不住……"

"忍不住什么？"

"忍不住……扑倒你。"

小姑娘这脑袋也不知道是怎么长的，想到一茬是一茬。陆予森走过去，用揉宠物一样的力度揉了揉她的头发："装什么装，起来。"

他稍一用力，已经把苏茶给抱了起来："你不是挺爱工作的吗？工作完了再让你扑倒。"

嘶——莫名一阵心悸。

越禁欲的人，说起情话来越让人想死。

当然，是甜到齁的那种想死。

"我们要不要去把裴隐舟叫回来？怎么说也是他的花店，我们俩商量做不了主。"苏茶坐在陆予森的大腿上，抱着他的脖子，头靠在他肩窝里，鼻尖都是他身上的清香。

陆予森摇头："他要去撞南墙就让他撞好了。"

他们俩属于三天一小吵五天一大吵，绝对是冤家，但要说了解，也没人比他们更了解彼此了。

这就是，所谓的男人的友谊。

陆予森没打算告诉苏茶这些，毕竟吵起架来顶多只有四岁的自己，挺丢脸的。

"你帮我看看，还需要做哪些改进？"苏茶用手指点了点电脑屏幕。上面是她用了半个月才修改好的策划，因为对象是陆予森，她比往常更认真。

广告片播出时间定在七夕，她便将主题定成了"时光与笑，晴天与你"，主角是个因人体试验而存活了五百年的人，跨越时光经年，始终在约好的地方等待心爱的人。

基于时光变换的元素，将会设置不同时期的三个场景，其中必然会涉及主题花的更换，作为外行人，这一块是她的短板。

陆予森仔细地看完整个策划，思考了一小会儿，在上面敲上了几个名字：豌豆花和狗尾巴、郁金香和喷泉草、玫瑰和绣球。

"说说看，都看出了什么？"陆予森没打算一个一个地跟她解释。

苏茶顺手拿着旁边的笔杆开始咬，被陆予森敲了一下脑袋之后才不乐意地松口："花枝一对，人影一双。"

陆予森奖励地递给她一颗提子："还有呢？"

"唔……"她大大方方地作弊，开始翻百度，"豌豆花，温柔的回忆，狗尾巴……奉献、不被了解，上面说，用狗尾巴草做戒指，代表私订终身。"

"所以呢？"

"'他'是生物科学实验的失败产物，时代变了，家人跟恋人也离开了，多少是孤独的，而支撑'他'在这种孤独中继续等待的，就是对过往的回忆。而狗尾巴草表明了'他'的决心，坚定、静默，等候约定生死相伴的恋人。"

"嗯，继续。"

"郁金香是爱的宣言……"

"提示，郁金香里有两种珍稀品种，在世界七大奇花里。"

苏茶慢吞吞地在电脑上输关键词：郁金香、七大奇花，得到的结果是淡烟色郁金香和火红郁金香，然而这两种花太过珍稀，并没有太多资料，又分别只长在阿尔卑斯山北麓和荷兰米皮亚小镇的一个小山坳中。

"郁金香品种繁多、颜色艳丽，除了纯色的之外，还有两到三种颜色交织的。多色郁金香的出现是由于球茎受到疾病的侵袭，蚜从受感染的球茎里获得病菌，再传播给健康的球茎。"

陆予森张口道来，小姑娘百度了很久才找到他说的内容。

"残缺美，缺憾美，就跟架子上的郁金香一样！"苏茶扭了一下，手指着那残了一瓣的郁金香，好像有什么想法一闪而过。

"嗯，喷泉草是衬托，跟前面的狗尾巴草相似，也能代表'他'蓬勃的期望。"陆予森按住不安分的小姑娘，"最后一对。"

苏茶来了兴致，却装作不想玩了的样子："你定就好了，我懂不懂无所谓的。"

陆予森凝眸看着她，似笑非笑。

小姑娘眼睛一闪一闪，心思昭然若揭——在求奖励呢。

他也不吝啬，低头亲了一下。

苏茶立刻又有了活力，继续百度："既然狗尾巴草和喷泉草是相对的，那后面一对应该也缺点绿色，绿玫瑰只是传说，所以绿色的必然是绣球花无疑。绣球花代表团圆，玫瑰代表幸福和浪漫，预示着'他'最终等来了爱人，并跟爱人幸福浪漫地过了一世！"

嗯，孺子可教。

陆予森看着兴高采烈之后又眼巴巴盯着他想要奖励的苏茶，嘴角轻轻地上扬——哪能每次都如她愿。

他把剥了好一阵的核桃仁放进她的掌心："用了脑，多吃点核桃。"

苏茶气得一把将核桃塞进嘴里，嚼得两边腮帮子鼓起，像只仓鼠。她一边吃一边想，明明平常觉得泛苦的东西，怎么就变甜了呢？

"最后需要你帮忙。"陆予森怕她噎着，递了杯水过去，自然得像是早已经习惯了这样的相处模式一样，但就在不久前，他还是一个不懂得照顾别人的人。

碰见苏茶，他好像突然被打通了任督二脉，无师自通、天赋异禀。

苏茶表示，什么忙她赴汤蹈火都肯帮。

陆予森笑："倒也不用你去赴汤蹈火，只需要你……出卖一下美貌。"

既然男主最后找到了恋人，他便也真的配一个恋人。

一双一对，六月的豌豆花、初遇的郁金香、满院子见证着他们的玫瑰，都是他对她的心意。

他当然要让她本人来接收。

正巧这时候裴隐舟一脸失落地归来，看见抱在一起秀恩爱的两人，又受到一万点的暴击。

他就不懂了，陆予森这么一个高冷又闷骚的人，怎么一谈恋爱就变成了撒糖大户？也不怕别人龋得慌。

"我们刚才商量了一下，主题花已经定好了，下午把策划交给你，有什么问题你再告诉我。"苏茶秒变脸，又恢复了一本正经的样子。

还不等裴隐舟说话，那头陆予森已经接话："没什么问题，明天再给他，等会儿去睡午觉，好好休息。"嘱咐完苏茶之后，他又转头看向裴隐舟，"你没意见吧？"

一时之间，也不知道他是在气裴隐舟呢，还是在气裴隐舟呢？

裴隐舟看了他们两眼，点头，沉默地回了房间。

这次连陆予森都有些不习惯了，平常遇到这样的情况，他早就开始反驳了。看来是不小的挫败。

"他没事吧？"苏茶有些担心地往楼上看。

陆予森哼了一声："能有什么问题，他不是自称是现代东方的西西弗斯吗？"

苏茶小声嘟囔，可是西西弗斯的结局是悲惨的啊。

室内一片安静，风从厨房的窗口钻进来，轻拂过那些被陆予森精心培育的植物，发出窸窸窣窣的响声。

没有车鸣、没有吵嚷，像住在林子里一样与世隔绝。

苏茶几乎是一瞬间，想到了自己八十岁的样子。

旁边是数十年如一日安静又专注的老男人，周围是不会说话却藏着温暖和爱意的绿意，有风拂过，吹动她已斑白的发。

怎么办，陆予森，就算是八十岁，我也希望身边的人是你。

她轻轻地笑开，抱住他的脖子，仰头亲上去。

只一下，也够回味许久。

"不吃醋了吧？"

不要拆穿，我只是想亲亲你罢了。

2.

六月刚过，天气越来越热。陆爷爷在初六那天办了七十大寿，他已年迈，记忆也越来越差，唯独这一天，陆予森会帮他约很多老朋友和他教过的学生。寿宴在金郁酒店的南厅举行，会场有他最喜欢的郁金香。

苏茶和陆予森一起到场的时候，宾客们都到得差不多了。

原本寻常这日子，也是各个长辈忙着把自家孙女介绍给陆予森的时候，瞧见他竟然带了女伴，脸上都有些尴尬。

倒是被贝贝提前接到宴会厅的陆爷爷喜笑颜开，差点没过来跟大家介绍"这是我孙媳妇"。贝贝得意地在韩教授身边介绍："您看，我说什么来着，师兄晚点来是有目的的。"

周围人就算听不见这些，也能猜出苏茶跟陆予森的关系，以往见到他就围上去的人，现在也都扭开了头。

主角毕竟是陆爷爷，大家也不好喧宾夺主，贝贝领了主持人的角色，上去就是洋洋洒洒一段祝福。

说到最后，他将话筒交给了坐在陆予森右手边的苏茶："来，说两句。"

陆予森不阻拦，也扯了一抹浅笑，盯着苏茶。

"呃……祝爷爷幸福安康，笑口常开。"平常说话从不打结的苏茶不知为何脑袋一空，什么都想不起，眼瞅着大家在笑，她又补充了一句，"多陪陪陆予森！"

补充的这话虽然不大好听，怎么也该陆予森多陪陪老爷子，但在老爷子心中，他确实也只希望能多陪陪陆予森。

坐下来之后，她发现陆予森神情严肃，眼眶似乎还有点红。

晏亓和晏南没来，一来是因为晏亓参加了选秀，今天是复选；二来今天到场的都是陆爷爷的朋友和学生，他们觉得不合适。

但他们托苏茶送了礼物，礼物递到陆爷爷手中的时候，老人粗糙的手掌轻轻地拍了拍她的手背，目光里带着满意和安慰。

陆予森这时候站起来，牵住她的手，声音不大不小，正好让他们这桌的人都听得到："正式跟大家介绍一下，她叫苏茶，是我喜欢的人。"

这一桌没坐多少人，除了苏茶熟悉的陆爷爷、韩教授和贝贝，还有两个男人，以及陆予森的父亲陆柏原，他坐在陆爷爷的右手边，跟陆予森之间隔了一个空座位。

听到陆予森的介绍，他啪地放下了手中的酒杯，目光里有排山倒海般的怒意，困在眼眶中，最终化成暗藏汹涌的平静。

抬头看着自家儿子，上一次见面，上上一次见面，他都是一如既往冷冷淡淡的，但是今天，他冷淡的眼睛里，竟然有点别的情绪，那是在看向身边小姑娘时，不经意流露出的笃定和温柔。

谁都知道，陆予森说一不二，认定了，说什么都不会变。

陆柏原握紧了酒杯，说："坐下。"

就连旁边瞧到动静看过来的其他桌的人，也知道陆柏原发怒了。

陆予森却并不搭理，转头对苏茶说："现在你面前的这桌人，都是对我而言很重要的人，我带你来正式见见他们。爷爷左手边坐的是我的老师——韩教授，然后是贝贝，旁边是我在国外时的室友，蓝色外套的是 Ice，红色外套的是宋沉渊。"

跟他们一一打过招呼，还未坐下，苏茶先听到一阵笑声，随后一个穿着短裙的女人走过来："陆叔叔，您一直夸耀您儿子优秀，好不容易有机会，您就不跟我介绍介绍？"

这满厅的人，除了陆予森一个个对着名字亲自发请帖请的，其他都是陆柏原邀请的，他也不反对，想着让爷爷热闹热闹。

女人化了妆，模样精致，看起来大方又有教养。

陆柏原脸上表情稍微松动了点，起身为两人介绍，陆予森没太认真听，低着头玩苏茶的头发。

寿宴过半，苏茶出去找陆予森，他说他去吹吹风，出来就撞见陆柏原。

"你到底想干什么？"陆柏原隐忍着怒气。

"您不都看见了吗？介绍我的女朋友给我的家人朋友认识。"陆予森的声音很镇定，目光坚持又笃定。

"胡闹！你带她来见过我吗？你们俩在一起得到过我的允许吗？你如此急切地介绍她，是故意让我难堪吗？"

"没那么无聊。"陆予森说，"不管是以前还是现在，我所做的一切都不是为了跟您赌气，同样，我也没想过要您的承认和肯定。"

"你给我闭嘴！我生你不是为了让你跟我对着干的！你说你喜欢她，那我问你，你确定她是真的喜欢你吗？刚才小菡出现的时候，她一点在意的表情都没有，说不定她只是玩玩，这样的女人怎么配得上……"

"配得上。爸，我现在才配得上她。"

苏茶站在柱子后面，没想过会撞见父子俩的争吵，不用看，她也能够猜到陆予森的表情，在那表情之下，不知道是怎么样的荒凉。

她也觉得心凉。

那场争吵，以苏茶站出去，毫不犹豫地握住陆予森的手作为结束。回到厅里，陆爷爷叫苏茶坐到他旁边，两个人一直说着话。

那些在陆柏原看来门当户对且对他有裨益的女人，他才看不上呢。

"茶茶啊，你答应我，要一直陪着我的小森。"

"嗯，我会的，我会一直陪着他。"

长夜漫漫、骤雨疾风，我不会松手。

因为是你，我什么都愿意承受。

3.

晏亓通过复选，成了参赛选手里最具竞争力的一匹黑马。

　　于桃在节目录制结束之后拦下他，追问他为什么会来参加她公司的选秀。虽然她所在的 TI 娱乐是在全国都很有名气的造星公司，但也因此竞争激烈，刚进入公司就被雪藏的也不是没有。

　　晏亓以前活跃在地下乐团，对这种环境从来没什么好感，他到底为什么来这里参加选秀？

　　难道是因为——

　　"现在，你还觉得玩乐队的小鬼丢脸吗？"晏亓表情认真，跟刚才燃炸舞台的那个人不太一样。

　　现在的他，更像是上次在小区大门将她堵得说不出话来的毒舌少年，褪掉铅华，肃然又沉郁。

　　果然——

　　"原来你真的是因为我才来参加节目的。"于桃当时不过气不过，说他是个玩地下乐队的小鬼，说他丢他姐的脸，说他不配跟她说话。

　　都是气话，他却都当了真。

　　还真是——可爱啊！

　　"喂，我那都是故意气你的。"于桃上前两步，虽然他是晏南的弟弟，但好像也不是那么讨厌，"你这么在意我的话，是不是……"

　　是不是……喜欢我呀？

　　晏亓没有说话，看着眼睛发亮、嘴角带着得意和欣喜的于桃，觉得她不过就是个傲慢又乖张的小公主。

　　他不想跟她多纠缠，刚要抬脚走人，却看到了马路对面的苏茶和晏南，几乎是下意识地，他揽住了于桃的肩，带着她往右手边走："边走边说，请你喝东西。"

　　苏茶手插在口袋里，瞟一眼对面 TI 娱乐的高楼："出来买个东西，为什么要绕到这么远的超商？"

　　旁边晏南戴着帽子和眼镜，素颜，也不怕人认出来："很久没来了，过来转转。"

　　苏茶在心里喊了一声："你在担心小亓吗？"年少轻狂，为争一口气，要是受了什么伤，她这个做姐姐的，还是会担心会心疼。

　　别人不知道，但苏茶知道，晏南这个人，其实护短得很。

　　晏南只是笑，说不担心是假的，但这是他选的路，她不会插手。

　　"走吧，红灯了。"她伸手拽了一把苏茶，抢过她手里的手机，看见正在编辑的短信——下午去你那儿。

　　"怎么，才刚谈恋爱，就开始如胶似漆腻在一起吗？也不怕……"

　　"瞎说什么，我是去做饭！"

　　她确实是去做饭，这段时间她一有时间就抱着手机，研究养胃的东西。陆予森常年饮食作息不规律，胃已经有了很严重的问题，陆爷爷寿宴的那天晚上，他被两个朋友灌了几杯酒，回来的路上吐了好几次，手一直按着胃，她看着都难受。

其实她寻常也是不爱下厨的，做出来的东西仅仅是能吃的程度，她不得不去百度各种菜谱，又请教了晏沅、裴隐舟两位大厨，尝试做了好几次，才敢上门献艺。

至于这个厨艺能不能让人满意，她不敢保证。

陆予森从实验室回来，进门就闻见了一股鸡汤味。

苏茶围着陆予森的那条素色围裙，正举着汤勺尝刚炖好的"苏氏猴头菇炖鸡"，听见开门声，她扭头笑了一下："回来得刚好，刚炖好，我尝着味道还不错……唔……"

大长腿就是好，别人走十几步才能到的地方，他几步就到，连亲吻都能夺得先机。

这……算是天赋技能？

苏茶不知道。

亲完了，陆予森满意地抿唇："是不错。"低头看见苏茶的手臂和手背上有泡，有些是才烫的，红得不算明显；有些是之前烫的，因为没怎么处理，已经结痂变黑。

他牵着她的手，带她去客厅上药。小姑娘一声不吭，眼睛直直地盯着他。

"怎么了？"陆予森动作不停，温柔又细致。

她以前怎么也没想到，两个人竟然这么快走到现在这一步，而他待她，几乎温柔得过头。

也撩人得过头。

叫她动不动就心悸，她都怀疑自己患了心脏病。

苏茶问："陆予森，谁教你这些的？"贝贝举着 C.C. 的人形立牌跟她保证过，陆予森绝对没谈过恋爱。

"贝贝。"陆予森帮她涂好药之后，在她身边坐下来，轻轻地帮她揉肩。

她也要工作，而且她的工作也并不是想象中那么轻松，他见过她雨夜中跑出去采访瓦斯爆炸现场的伤者家属，见过她蹲在烈日的绿化带旁吃盒饭，见过她大半夜还开着灯通宵写报道……现在，她要兼顾花店的工作，还要为他做饭。

"你其实……"

"贝贝每天都在想些什么，怎么尽教你怎么撩人了？"苏茶不满地说道。

其实不是对他的举动不满，相反她满意得很。

只是，她也会想，要是跟他谈恋爱的那个人不是她，他是不是也会这样对别人？

想到他的温柔、他的情话、他的撩拨都给别人，她就气得吃不下饭。

真懊恼啊。

陆予森对上她的眼睛，清晰地看见了她瞳孔中的自己，经历了那么多时间，总算又像个正常人。

"其实也不全是贝贝教的。"还有各种言情小说和电视综艺，是两个兄弟推荐给他的。

苏茶倒在他的腿上，笑着听他数着这些，脑补了他抱着小说，蹲在电脑前面追腻死人的言情剧的样子，忍不住嗤笑了一声。

笑着笑着，笑出了泪。

"小薄荷，我师兄没谈过恋爱，也从未跟你这样的女生相处过，他不知道谈恋爱该做些什么。如果他有哪里没做好，你别怪他，我会督促他，让他好好学的。你稍微耐心点，等等他。"

她觉得贝贝想多了，明明他光是一言不发地站在那儿，就足够撩人了。

苏茶轻松地直起上半身，在他的唇上小啄了一口，占完便宜又重新倒下去。

"陆予森，其实你什么都不用学，你这样行走的荷尔蒙，光是站在我身边，就已经让我忍不住胡思乱想了。"她故意调笑，一双眼睛亮晶晶的。

爸爸说，世界上的缘分，都是因果。她当初不以为然，后来慢慢想起一些事，才觉得真玄乎。

她小时候头发短，又调皮，回乡下的时候老爱往山上跑，想要去抓传说中的山鬼。

山鬼没抓到，遇到个小哥哥。他眼神专注，蹲在树下跟一朵蘑菇说话。

她想，蘑菇有她好看吗？

蘑菇当然没有她好看。

苏茶问："陆予森，你喜欢蘑菇吗？"

陆予森皱了皱眉，隐约想起了点什么不好的事情："不喜欢。"

"那我们晚上煮蘑菇汤吧。"

"……"

落地窗前有一株养在水里的蓝松，折射着夕阳的余晖，柔软的羊毛地毯上有她的头发，染上了金黄的光，轻轻地晃了两下。

那些猝然而至的心动，早有预兆。

"随你。"

吃晚饭的时候，有人来按门铃，裴隐舟支使苏茶去帮他跑腿，苏茶从外面领了只灰色的垂耳兔进来，满脸疑惑。

"你帮我送给楚楚，她最近迷上了毛茸茸的兔子。"那是他拜托朋友送他的，用两年的商务合作合约作交换。

"这次的样片我看过了，效果不错。"

策划用的就是苏茶和陆予森商量过后的那版，并且在陆予森的建议下，苏茶最终侧脸出境。拍完之后大家都赞不绝口，说两人不愧是情侣，一个对视的眼神都那么有戏。

"果然，恋爱之后状态都不一样了。"裴隐舟意有所指，"先定下来，后期具体怎么操作，有宣传营销部门负责，你们负责跟他们交接，有问题的话再做商量。"

陆予森扔了瓶牛奶给他，最近他累得黑眼圈都快掉地上了："你要出门？"

忙着跟兔子玩的苏茶也觉得不对劲。

"嗯，周一的飞机，去新西兰的花圃瞧瞧有没有什么新品种。"

苏茶和陆予森对视一眼，哦，某人要躲到国外疗情伤。

第二天，陆予森站在花园里，看见从外面买东西回来的晏南，问了一句："你要走？"

其实只是昨晚他送苏茶回去，听见她在跟人打电话，说了基督城、皇后镇什么的，还说什么回头细聊，而她口袋中装的又都是喷瓶、口罩、眼罩、帽子之类的东西，他大胆猜测了一下，觉得相差不大。

晏南愣了一下，笑了，自己那个只顾恋爱的无良室友都未察觉，倒是这个平素里不怎么抬眼睛看人的邻居先发现了。

她知道有一句话，叫爱屋及乌，要不是苏茶，他又怎么肯多上心看这周围一眼呢？她突然有点羡慕起来："带楚楚出去转转，正好朋友有假期，说要好好招待我们。"

陆予森点头，又问："什么时候？"

晏南说："周五，怎么了？"

"没什么，路途愉快。"

总觉得哪里有点不对劲的晏南并没有想清楚到底哪里不对，她走了两步，拉开门之后又回头，问："你这是，在等茶茶吗？"

陆予森笑了下，抬头看向苏茶的窗口，那里有人正在拉窗帘，往下面随意一看，看进了他的眼睛，然后嘴角一弯，像个小姑娘一样甜蜜地笑了。

他这才重新看向晏南，眼神里流转着尚未消散的深情："嗯，她醒了。"

她每天醒来做的第一件事就是拉开窗帘，为了看他一眼，早些时间养成的习惯，成了两人之间默契的那一声"早安"。

不止睡前想见你，醒来更想见你，想一睁眼就能拥抱你。

4.

苏茶穿着套家居服就跑过来了，灰扑扑的，娃娃领，上面绣着一对亲吻鱼。

她下来便扣住了陆予森的手，两人一起进了屋子，原本是她要做饭，换好了鞋却被人按到了沙发上。

陆予森说："我来做。"他聪明，有心要学的话根本不费吹灰之力，裴隐舟只是稍微指导了那么两下，他已经可以掌勺了。

苏茶打开电视，扭头看了一眼："真的不用我帮忙吗？"

"不用，以后你都不用做饭，也不用洗碗，就坐在那儿等着吃就好。"陆予森对养米虫这件事很热衷，"你要再胖一点，我抱起来才有手感。"

苏茶没出息地红了脸："该死，大早上的就这么爱撩人。"遥控被她飞速地按了几下，调到了一个直播采访，对象正是势头正好的晏亓。

采访开始之前，有一段晏亓比赛的剪辑，上面的小孩一改往日的沉默低调，自带光环、燃炸全场。虽然看了不止一遍，还是觉得很惊喜。

"你有没有觉得，小亓站在舞台上的时候，挺招女孩子喜欢的？"苏茶咬着吸管喝牛奶，眼睛一眨不眨，盯着画面里的晏亓。

她把晏亓当弟弟，尽管上次去出云村，他的关切那么明显，她还是迟钝地没有反应。

以前自诩聪明，也不知道这会儿是装傻还是真傻。

陆予森端着做好的早餐加午餐，亲自递到她手上，开口时语气不辨情绪："你也喜欢？你还喜欢哪款？西城警局的成警官？温泉会馆的霍先生？或者在我这儿白吃白喝赖着不走的裴大哥？"

苏茶哑然。不过就是去做了顿饭，怎么，打翻了醋坛子？

她仰着脑袋盯着陆予森，在他抬手捏了一下她的脸蛋之后，才明白他是在故意开她的玩笑，只是这玩笑之中，有几分的真话，她多少还是清楚。

"别气，我最喜欢的只有你啊。"苏茶半开玩笑半认真地道，柔软的眼神里带了倏然而逝的笑。

曾经，我是挺三心二意见异思迁的。

但现在，我只看得上你，以及跟你有关的人间烟火。

电视里，采访还在继续，晏亓在主持人姐姐的建议下，突破以往的风格，唱了一首安静的《伯乐》，然后面对镜头，毫不犹豫地宣布退赛。

包括主持人在内的一众人都惊呆了，连个上前询问的人都没有。

晏亓说："刚才那首歌，送给我之前的'绯闻女友'，我将要出国的姐姐，晏南。"

"别太多过客，祝你早日快乐。希望姐姐早日找到能陪伴她一生，并让她一生安稳的伯乐。"

话音一落，他朝着镜头鞠了个躬，安静地走出了镜头。

苏茶看看视频，又看看旁边毫无反应的陆予森，舀到一半的粥僵在那儿，洒了些出来。

陆予森不知道该说她什么才好，拿纸巾垫在她腿上，从她手中拿过碗和勺："她说带楚楚出去转转，新西兰，周五的飞机。"

勺子递到嘴边，她也没矜持，张嘴咽了："新西兰、周五？这么说，他们有可能撞见？"她一下子抓中了他话中的重点。

不过还是有点郁闷，怎么他都看出来的事，她一点也没有发觉？

"我们去 TI 娱乐看看吧，小亓一个人，我怕他应付不来。"她以前听说，一些娱乐公司在选手退赛之后会拿出赛前签的合约，逼他们签订霸王条约，或者赔偿。

陆予森也没有推，只要她想，哪怕是去做傻事，他也陪她去。

两人一路到了 TI 娱乐的楼下，远远就看见了晏亓和于桃二人。

于桃拦在晏亓身前，似乎在说什么，而晏亓有些不耐烦，说了一阵之后，又像是不想惹对方不开心一般，上前两步抱住了她。

苏茶这才"哦"了一声："原来是我多虑了，有人帮他。"

她转身挽住陆予森的手臂，声音里带着笑："难得的假期，难得出了门，我们四处逛逛怎么样？"

于桃被晏亓用拥抱的姿势困在原地，有些讶然。

虽然对方的肢体并未真正地落在自己的身上，但他身上像水一样清新自然的味道清晰又准确地传到了鼻尖。

这样的味道，她还是第一次闻见。

"你……你想干什么？"于桃问了一句，眼神有些飘忽闪烁。她从来没有这样的感受，心脏怦怦怦地乱跳着。

晏亓微垂着眼睛，余光瞟见那两道人影渐渐离开，才迅速地收回了手："抱歉。"

于桃从他的语气里听出来几分失落，抬起头，盯着他的眼睛，她一字一顿地说："晏亓，你喜欢我，对吧？"

空气阒然。

晏亓用了几秒钟才消化了于桃的话，看向她的目光也因此变得复杂又奇怪。

"你误会了，我不喜欢你。"晏亓说。

于桃挑着眉毛，笑得意味深长——内敛嘛、深沉嘛、矜持嘛，她懂。

"不喜欢正好，我也有喜欢的人了。"

而他们喜欢的人，逛了一圈之后叫了辆车，去了城郊刚开发的湿地公园，那里有山有水有树，还有一架大大的水车。

苏茶指着旁边的自行车，示意陆予森载她。

两个人好像要把以前没一起做过的事都补上，她抱着他窄而精壮的腰，闻见早开的莲花香。

这是她在过往的恋爱里，都没有感受到的自在和救赎。

因为身边有他，觉得现世安稳，到哪儿都能安然入睡。

"陆予森。"

"嗯？"

"我想吻你。"

5.

七月过了大半的时候，发生了一件事，像一颗投入平静湖面中的石子，在陆予森和苏茶的恋情里，激起了一阵涟漪。

苏茶接到部长通知，说外省一家航空公司邀请他们去参加水上飞机试航的体验。她在出发前才告诉陆予森。

"放心，保证完完整整地回来。"苏茶举着手起誓。

陆予森瞟了她一眼，她哪里是来询问他的意见？分明是在通知他，偏偏他那两天也有一个交流活动，无法陪着她一起，便只搜集了各种注意事项叫她看，嘱咐她不要逞强。

出发那天是个艳阳天，陆予森帮着检查了一遍她的行李，将她送到了集合的地方。同行的有小杜和简宸，都是部长比较看重的人。

上车之前，陆予森往她嘴里塞了一颗酸得牙疼的话梅糖，在她想要吐出来之前，轻轻地将唇送上去，一点，随后直起身子，拍了拍她的脑袋，说："注意安全。"

苏茶"嗯"了一声，觉得陆予森刚才的做法简直就是犯规。

"乖乖等我回来。"

她看着陆予森的身影在视野里越来越小，突然想起幼年离开乡下，爷爷奶奶也是那样，站在原地微笑目送她。

那种被人关爱注视着的感觉，已经很久没有体会过。

小杜递了一张面纸过来："苏姐，第一次分开，难免会有些难过的，哭出来就好了。"

谁哭了？

她就是觉得，突然有点离不开他了。

坐了一整天的车，下车的时候大家已经饥肠辘辘，苏荼随便吃了点饭就回了酒店房间，趴在床上做功课。十点的时候，手机传来一条短信，只有简短的两个字：晚安。

想着陆予森在忙交流会，她也没多说什么，同样发了句"晚安"过去，手机还未放下，那边打电话过来了。

"还没睡？"陆予森的声音里透着点疲惫，还有点沙哑，像是在交流会上说了很多话。

她说："嗯，还在翻资料。"

陆予森似乎躺在了床上，她听见扯被子时发出的窸窸窣窣的声音。

"累了就早点休息。"

"不累。"

苏荼翻身下床，踱步到窗边，拉开窗帘："今晚月色不错，楼下有个小院子，院子里长满了豌豆花。"

她突然想到他拍广告的时候，只有她知道，他透过镜头，把深情满满都给了她。

他不会演，交付的都是真诚。

"以后你失业了，我们去城郊买个有大院子的房子，在院子里种上豌豆花。"

苏茶忍不住笑他："你就这么想养只米虫？"

"嗯，毕竟好养。"

两人说上一阵之后就挂断了电话，他明天一早还要负责交流会上最重要的环节，而她也要有足够的精力应付明天午后的试航体验。

试航体验之前，航空公司安排大家做了一次简单的检查，确定大家的身体状况。

简宸郁闷地撑着脑袋："早知道检查还要称体重，我昨晚就少吃半碗饭了。"

小杜打趣她，说女孩子才会这么矫情，哪像他们，吃到饱才够。

简宸翻了个白眼："我师父还只喝露水呢。"

正在欣赏江景的苏茶没有理会他们，她靠在栏杆边，旁边就是他们即将登上的飞机，她瞟了一眼，问吃盒饭的机长："我们这么多人上去，能行吗？"

水上飞机不比陆上飞机，飞行环境更加复杂，气流阻力、水动力的助力、风向风速，包括浪幅和周围障碍物，都是要在飞行之前检查确定的。

机长抬眼笑了一下："行，怎么都行。"

上飞机之前，小杜拍着她的肩膀，安慰她："苏姐，不怕，有我呢……再说你这么轻，多你一个少你一个真没什么差别。"

苏茶想想也是，或许是出发前陆予森那一顿叮嘱，让她有点发蒙。深吸一口气，穿戴好救生衣，苏茶从包里拿出纸笔，准备记录和采访。

两分钟后，副机长通知大家，飞机将在十四点零八分的时候起飞。

十四点零七分的时候，小杜从后面拍了拍苏茶的肩膀："苏姐，你来后面吧，后面还有个位置。"

前头几个男记者笑他："你这是怕我们把她吃了不成？"

小杜摸着脑袋傻笑："当然，苏姐可是我们台里的一枝花，而且她有男朋友了，走之前还特地交代我要照顾她。"

陆予森在离开之前，似乎是看了小杜一眼，可是，他说话了？

苏茶刚换好座位，系好安全带，飞机就开始动了。大家都有些兴奋，飞机他们坐过，但水上飞行还是第一次尝试。

只是这种兴奋，在一分钟之后，变成了焦灼。

小杜看了一眼手表，已经十四点过九分了，飞机还在水上盘旋，不知道在等待着什么。

"苏姐……"

他下意识地抓住苏茶和简宸的手，作为 GY 派出来的男丁，他理所当然要保护好两个女生。

　　苏茶听见水波翻涌的声音，因为舱内的寂静显得尤其清晰。

　　随后不知是谁喊了一声"大桥"，接着响起"轰——"的一声。

　　危难之中，小杜先推出了身边的三个女生，自己最后一个从后舱门钻出来。落入冰凉的水中之后，他先是转头看了一眼被大桥撞毁的飞机残骸，再看向已经被人拉上岸的苏茶和简宸，一个大男人，在水中痛哭失声。

　　苏茶意识清醒，帮着一起把小杜给拽上来，她费了好大的劲，像是在跟自己拼命。周围有人拉她，让她去休息，她理也不理，没有松手。

　　直到小杜上了岸，看着他明显活动不便的右手和刮破了一大块皮又被水泡白了的大腿，苏茶才扭过头，没让他看见自己泛红的眼圈。

　　简宸抽泣着颤抖，从旁边拿了两条干净毛巾给他们披上，同样被救的女生瘫软在地上，一个劲地对小杜说谢谢。

　　等待救护车来的时候，苏茶站在人群之外吹风。

　　她死里逃生，才开始害怕。

　　幸好，我说到做到，安全回来了。

　　不然，陆予森，你是不是会骂死我？

陆予森是在当天晚上七点赶到医院的，看见坐在病床上发呆的苏茶，他连火都没来得及发，直接抱住了她。

力度大得让苏茶险些呼吸不过来。

她也觉得眼前的一幕有点虚幻，像是事故后的一场梦，她抬起手，轻轻地碰了一下他的头发。

有点湿，像被雨淋过一样。

"陆予森，你该洗头了。"她叹了一口气，笑着说。

对方却不松手，像是惩罚一般，死死地扣住她，全然不顾病房里的其他几个人。简宸和小杜还好，出发那天就已经知道了他们的虐狗程度，倒是被救的那个女生，羡慕又感动地看着他们，比刚才哭得还要凶。

简宸过去抱她，后者一把抓住简宸的衣服："我也想我的男朋友，但是他在网吧，听说我没事，继续打游戏了。"

简宸瞅了一眼旁若无人拥抱的两个人。

"人比人，气死人。"

苏茶嘴角露出浅淡的笑容，为此刻的相拥。

她们三个女生都是幸运的，身上只有不同程度的擦伤，只有小杜稍微严重一些，右手臂骨折，大腿大面积挫伤。

好歹比同样逃出来但重伤昏迷的机长幸运，尚且算是生龙活虎。

她没敢主动提及机舱里的另外五人，怕触到陆予森此刻紧张兮分的神经，手臂悄悄地绕到他背后，一手抱住他，一手轻轻地拍着。

她多感谢，死神只是擦肩而过。

陆予森，抱紧我。

我和你一样，同样害怕，同样不肯松手。

6.

事发过去一周时间。

这一周，裴隐舟和晏南出发去了新西兰，据说乘坐的是同一架飞机，还是连坐，巧合得像是有人故意为之；晏亓随队出去演出，离开之后跟苏茶视频，说钥匙在窗台边的花盆下；陆爷爷在韩教授家，两个人几乎把后半辈子的嘴都斗完了；寄养在贝贝那儿的兔子豆包据说长了一圈，变得高冷又傲娇。

陆予森临时受命，成了花店的老大，除了自己日常的工作，还要兼顾花店的运营宣传、招商合作、战略定位等工作，他也不辜负信任，每一项工作都做得认真而游刃有余。

他跟苏茶有一段时间没有好好说话了，但两个人还是约着一起吃饭，饭都是他在做，碗也是他在洗，真跟他当初说的一样，她就负责乖乖当只小米虫。

　　这天吃完饭，陆予森终于放下手里的工作，在她身边坐下，轻轻地将她搂入怀里："考虑好了吗？"

　　指的是她换工作的事情。

　　那场意外，让苏茶第一次真正动了想要换工作的念头。她一直自诩没有太多在意的东西，活得潇洒又淡然，但与死神擦肩而过之后，她才恍然，她还有一些事情没做。

　　比如和妈妈好好说说话，比如带着相机环游世界，比如每天醒来都能看见陆予森。

　　她只是个普通人，会懦弱，会怕死。

　　而在她说出这个念头之前，是陆予森先提议，让她换工作。

　　"如果你是真心想要在上面抛头颅洒热血，我没理由阻止你，但如果你只是因为责任或其他什么而硬扛着，我会心疼。"

　　苏茶看着陆予森，她知道他不仅把她当作女朋友，还是挚友，是家人。她是他在茫然中抓住的那根稻草，如果她出了什么事，或者离开了，他的世界将会迎来什么样的坍塌。

　　要么零，要么全部，对于陆予森来说，他投注了百分之百的情感给她，他的情绪也必然因她而受到牵动。

　　"你想知道，我为什么当记者吗？"苏茶靠在他怀里，听着他平稳有力的心跳，终于打算说出来。

　　"我爸是个工头，在我小学还没毕业的时候，因为一场意外摔下了楼。"

第二天四点，早到的工友发现苏爸爸，将他送到了医院。

那之后，她家的天塌了。妈妈卖了店面，又求亲戚借了很多钱，才凑齐了治疗费，在好心人士的帮助下，昏迷的爸爸总算救了回来，但与此同时，他失去了双腿，就连右手也等同废了。

那一段时间，只有她一个人在医院守着爸爸，日夜隔着玻璃跟他讲故事。

而妈妈奔波在外，忙着求工地的负责人要赔偿。

她家负债累累，没有钱，别说救她爸爸，连她们都活不了。

小苏茶第一次懂得"钱"这个字，就是在那个时候。

该求也求了，该闹也闹了，对方非说他是在工期之外受的伤，且仗着有人脉，迅速平息了这件事，还威胁她们母女，要是再闹，就弄死她们。

她们也去了电视台，但当地电视台哪有现在这样大，靠的都是他们那样的有钱人养着，谁敢出头给她们曝光？

爸爸病情刚好一点，他们就急匆匆地办了出院手续。

从那之后，爸爸就躺在家里那张小沙发上，由妈妈和她每天服侍着，大多数时候是妈妈，而她蹲在一边，认真地读书，学着隔壁家的小姐姐念普通话。

再后来，妈妈跟爸爸办了离婚，跟邻居家的叔叔结了婚。她还照常照顾着爸爸，但日子久了，两边都顾不好，脾气也越发不好。

那些日子，将她妈妈磨成了一个偏执又专制的人，将她再送回学校，第一个要求就是，以后要考新闻专业。

她回学校不过小半年，爸爸就像放下了心一般，安静地走了。

妈妈将所受的苦，都迁怒在那些站在有钱人身边的新闻记者身上，逼着她去当一个有良心有原则的记者。

记者，成了妈妈变相的依靠，尽管她们都心知肚明，她这么做，也不可能是正义的发言者，而她再怎么弥补，当初的那些苦痛也不会得到治愈。

"当记者是我妈的执念，我不能不听她的。"苏茶的姿势换成蹲在沙发上，抱着双腿，整个人缩成小小的一团。

时隔多年，第一次跟一个人提起这些，她平静得像个局外人。

"苏茶，你们当中需要一个人主动，放过你们彼此。"陆予森找出症结所在，那些经历成了她们身上的伤，她们看似都有了新生活，却都没有脱离旧的噩梦。

他抬手，将苏茶整个人环进自己怀中。

尽管她从来不哭不闹，他还是觉得她需要依靠。

"我希望，你的以后，不为任何人而活，为你自己。"

"我也希望。"

看你辛苦，我会心疼；看你害怕，我会心疼；看你挣扎，我会心疼。

好像以前欠着别人的那些关心，都一次性偿还在你身上了。

那好吧。

你就好好地做你自己的选择。

其他的，交给我。

Chapter7 ▾
长夜都已安眠

As long as I'm alive, you will be part of me.
只要我尚存一丝气息，你便是我永生难忘的梦。

1.

又过了几天，花店放出第一版片花。

有一段时间没刷屏的"陆予森"三个字，再一次占据了微博热搜榜，同时上热搜的，还有裴隐舟。

第一版片花重在幕后，讲花朵的生长地和保护，讲那一大片背景耗费了多少人的日夜不休，讲拍摄时的一些小花絮，其中陆予森和裴隐舟并肩站在一起的几个镜头尤其明显，被网友截图，凑成了新晋养眼 CP。

不过两个小时，CP 粉已经攻陷了两人的微博。

苏茶斜躺在地毯上晒夕阳，撑着脑袋看他，不知道是嫉妒还是调笑，说了一句："果然你们才是颜值相配的一对。"

陆予森在准备火锅，鸳鸯锅。他胃不好，平时又吃得清淡，苏茶却偏好重口，号称无辣不欢的人。

苏茶闻着味起身，绕到拿着勺子尝味的陆予森身后，轻轻地环住了他的腰："陆先生现在有没有后悔，要不要舍我而取他？"

取他倒是不想。

想娶你。

他反手一个高难度动作把苏茶抱上桌子，像抱一只猫那么轻松，整个人倾上去，眼睛里带着笑意和温情："身体都好了？脑袋还疼吗？"

苏茶摆摆脑袋，她最近经常头疼，但都是老毛病了，没太上心，也不肯去医院。隔得近，她看见陆予森的黑眼圈，有些心疼地嘟囔："多久没好好睡觉了——"

决定奖励一下辛苦的陆先生，她仰着脸，抱住他的脖子，主动迎上去。

陆予森含着笑，轻轻拍了一下她的脑袋，伸手捧住她的脸，还是没忍住，亲了一口。

"苏茶，搬过来吧。" 他还是喜欢叫她的名字，像是想从那生分又生硬的名字里，尝到别人尝不到的柔软和温度。

他拉过苏茶的手，将一把钥匙慎重地放进她的掌心："你一个人住在对面，怕会饿死。"

苏茶想，他们现在跟住在一起有什么区别吗？

吃完饭，陆予森牵她的手去消食，长长的街道，灯光下两个影子靠得很近。

苏茶盯着，心里渐渐氤氲出暖意。

"陆予森，我都能想到我们七老八十的样子。"

"嗯？"

"两个人白了头发佝偻着腰，还要一起牵手散步晒月亮。"

回去的时候，两个人去对面收拾了东西，衣服和一些生活用品，东西不多，她还是蹲在地上，反复检查了几遍。

陆予森看着她笑，没几步距离，缺什么随时可以来拿。

"东西不重要，重要的是你。"

他上前几步，将地上的人和东西一起捞起来，打包带回家。

住的是另一间客房，在他房间的隔壁，床头和床头之间就隔了一堵墙。

房间很干净，是刚打扫过的，床单被罩都是新的，还有太阳晒过的味道，苏茶在上面躺了一下，这才起来将衣服一件件理好，挂进大衣柜里。

衣柜里有面镜子，可以拉出来，苏茶站在镜子前，好生打量着里面的短发女生，她沉郁又犀利的眼睛里有越来越多柔和的光。

"欢迎你，苏茶。"

她对镜子里的女生伸出手，笑得快要落泪。

没有人知道，曾经她也站在看不到出处的深谷里，身不由己，茫然无措。

但现在，这片深谷开满了花。

她的世界满是晴天。

陆予森在楼下的沙发上跟裴隐舟视频，讨论花店的工作："正片会在七夕当天零点放上去，第二版片花放在当天晚上七点……"

裴隐舟听得意兴阑珊，好像有什么事情急着去做，一直盯着屏幕下方的时间。

端着水过来的苏茶凑上去，打断两个人的讨论："有约会？你过得这么自在，某人却操心你的花店，觉都不能睡，你打算怎么犒劳他？"

裴隐舟不上钩，认真地瞅了瞅她，又瞅了瞅陆予森，一脸认真："你确定，他不睡觉是因为操心我的花店？"

别人不懂，他知道，某人欠缺的不是时间，是颗安眠药。

"你今晚爬上他床试试，铁定……"

苏茶没听见后面的话，视频已经被陆予森切断，那边又不死心地往聊天窗口发了句话，她也只看到一眼，电脑便被合上。

陆予森扭头看她，漆黑的眼睛像一张找不到出口的网。

苏茶直起身，摸摸鼻子："那啥，他真爱开玩笑。"

2.

七夕前，陆予森亲自到了 GY 电视台，交给时部长一封辞呈。

辞呈是他守着苏茶写的，写的时候她面色平静而郑重，像在跟自己的过去告别。他也慎重地将辞呈交过去："她说，来的时候她不是心甘情愿，走的时候幸好没有遗憾。她让我代她说声谢谢。"

时部长毫不意外，拍着陆予森的肩，笑了笑："过段时间有个大型的摄影比赛，她要是有兴趣想去拿奖的话，可以去玩玩。"

从电视台出来，陆予森去书店买了几本书，带去医院给苏茶打发时间——她又住院了。

那天早上她起得猛，坐起来感觉脖子一阵剧烈的疼痛，原本以为是落枕或者颈椎问题，没想到几秒之后后脑勺跟针刺一样疼，随即后颈感到一股暖意。

当时只有她一个人，察觉不对，自己给自己叫了救护车。

救护车跟陆予森几乎是同时赶来的，后者气还没喘匀，看见被抬上车的脸色苍白的苏茶，腿都不会迈了，手劲一散，豆浆油条撒了满地。

那天来接她的护士说，他当时眼眶都红了。

她们说："真羡慕你，有个人这么心疼你。"

苏茶想，她也心疼啊。

她心疼又遗憾。

心疼当时他的痛苦和恐惧，遗憾自己意识不清，只听见他一声一声地喊，却做不到睁开眼睛看看他。

陆予森到医院的时候，桑青青还没走。

那天，苏茶躺在急救室，两度被下病危通知书，陆予森攥着手机，还是通知了桑青青。他之前瞒着苏茶跟她通过电话，但见面是第一次，从她脸上，陆予森多少还是看出了点担心。

只是那天，她早早就离开了。

苏茶不知道他们见过面，看了看桑青青，又看了看陆予森，在想要怎么跟他们介绍，还未开口，陆予森已经走进来，将书塞到她手里，又捏了捏她的脸："少想事情，费脑。"

她心里甜，但在桑青青面前，多少还是收敛着的。

苏茶扣住他的手，跟桑青青介绍："妈，这是我男朋友，陆予森。"

她介绍的时候不是全无期待，但没等到桑青青的反应，她也不算意外。爸爸去世之后的这十多年，她们母女都是这么过的，对彼此的生活都不参与、不关心。

桑青青点了下头，转身往外走："桑桑快放学了，我要回去做饭。你自己多注意着点。"语气平静，好像苏茶得的只是感冒发烧一类的小病。

苏茶垂着头玩弄陆予森的手指，没让他去送。

感受着她手指的温度，陆予森心里泛起一阵疼痛。不是感同身受，只是因为她在痛。

比冰冷更让人害怕的，是没有温度。

他跟他爸爸之间水火不容，是一见面就会吵，是解不开的矛盾。

而她跟她妈妈，没有矛盾，没有争执，两个人明明最该亲近、最该互相依靠，却疏离而生分。

她们之间隔着一条深沟，谁也跨不过。

后半夜的时候，陆予森去值班服务台取了寄存的电脑，端着张凳子窝在病房角落开始工作，光线调得暗，他看几行觉得眼睛累，不由得眯了眼。

床上的人睡得不太安稳，翻了几次身，好在没有醒，迷迷糊糊之间，她下意识地喊着陆予森的名字。

陆予森过去蹲在床边，轻轻地捏住她的手："我在。"

病床上的人皱着眉，不知道坠入了什么样的梦魇之中，好像能感受到身边的人，却怎么也醒不过来，只能胡乱地嗫嚅一声，抓紧了那只不断传来温度的手："不要……离开我……"

她迷糊地喊着，平常不轻易透露的恐惧和软弱，这时候趁夜钻了出来。

归根结底，她也是个没安全感的小姑娘。

陆予森用指腹一遍遍地摩挲着她的手，像柔风一样地轻抚。

"嗯，我一直在。"

之后，桑青青再也没去过，倒是于桃跟着晏亓来了一趟，两个人越来越常凑在一起，都是于桃主动找的晏亓。

见苏茶坐在病床上，旁边是正在给她念故事的陆予森，于桃没忍住，说："又不是不能自己看，矫情。"心里却觉得陆予森的声音真好听，如潺潺泉水，深谷回音。

矫情的苏茶懒散地朝那边瞟了一眼，两个人站在一起，莫名有几分相配："矫情也有矫情的好。"

"喊——"于桃将路上买来的水果放到桌上，"看你这样，应该胖了一圈。"

苏茶笑："这叫幸福肥。"她朝晏亓招了招手，在他过来之后拍了拍他的脑袋，"最近怎么样，都顺利吗？"

她意味深长地看向于桃。

晏亓没发觉，垂着眼睛，看着他们握在一起的手："嗯，顺利。"

"那就好。"

她想着，如果晏南回来看见晏亓也有了伴，说不定春心一荡，就决定接受裴隐舟了。

"我出去一下。"陆予森拿着电话出去。陆柏原近几日经常给他打电话，两个人又说不到一块，几句话就吵起来，他不想让苏茶察觉。

傍晚有风，于桃往窗口一站，看见下面珙桐树下雪青色的太阳花："可惜了，这么好的花，栽在你手上了。"

她意有所指，苏茶却只是笑。

于桃关上半边窗户，没兴致待下去："我们走了。"她拽了晏亓一把，怕他不走，又说，"你不是说要陪我去逛逛吗？现在时间正好，我们去中央公园的音乐喷泉。"

情侣圣地。

"挺好。"苏茶补了一句，笑。

好归好，一起去的两个人却都没心情，于桃坐在喷泉边的石台上，用手机照着理了理头发："你眼光挺差。"她其实想说，真巧，喜欢的人刚好凑成对。

等不到他的回答，她又抬手去拿他脖子上的耳机："你这耳机里都是些什么歌？给我听听。"

晏亓躲了一下，晃眼看见她眼里似有若无的泪意，一顿，不躲了。

洗手台前有块镜子，镜子里的人双目冷冽，连下巴都绷紧，好一会儿后，他松开紧扣在大理石台上的手，掬了把冷水洗脸，听见口袋中的手机在振，以为又是陆柏原，便没有接。

那边又打了第二遍，第三遍。

最后一遍是视频请求，陆予森摸出手机，毫不意外地看见了裴隐舟的脸。他穿着风衣，独自一人站在街上，背后是有名的纸教堂，灯光下发着圣光。

"什么事？"他看裴隐舟的样子，也不像是有什么十万火急的事情，倒像是被夜色勾起了心事，急切地需要找一个人聊聊天。

他很不幸，成了裴隐舟选择聊天的那个人。

陆予森靠在冰冷的大理石墙壁上，沉着声音跟他说话："又失败了？"

换作以前的陆予森，一定不会明白这种为了一个人而徘徊不能安定的心情，但现在他多少能懂裴隐舟此刻的寂寥——他应该也从未遇到过如此牵动他心的人，连他自己都不知道，为什么偏偏一眼就看到她？

裴隐舟被他一眼识破，心情复杂，把摄像头换了个方向，给他看头顶的天："如此良辰美景，怎么只能跟你一起看？"

繁星缀满天际，像俯视这世界的眼睛，陆予森往回走，他也觉得，这样的美景两个大男人一起看实在有点奇怪。

　　苏茶在打国际电话，有些嫉妒财大气粗的晏小姐，晏小姐大方表示，会给她报销电话费。

　　她说："新西兰很美，度假很开心，楚楚说，她一点也不想你和小亓。"

　　她讲着那边发生的趣事，住在一家带花圃的民宿，老板高高壮壮，喝了酒却跟个小孩一样拉着她跳舞唱歌。

　　苏茶配合地笑，余光瞟见走进来的陆予森，扭头，撞见繁星点点的夜空。

　　"你们现在看到的星空，不及我看到的十分之一美。"裴隐舟得意地炫耀，隔着听筒，他们也能听得出，其中有多少萧瑟。

　　苏茶问："大晚上的，怎么一个人在外面逛？"

　　裴隐舟还不厌其烦地替她移动着镜头角度："新西兰夜景很美，想转转。"其实是心里有想念的人，睡不着。

　　"谎话太拙劣，不如早点洗洗睡。"陆予森给苏茶裹上外套，大热的天，还是怕她受凉。

　　好不容易想看看他们的裴隐舟生生被喂了口狗粮。

　　夜色寂寥，他也觉得冷了。

　　"行了，不聊了，我去教堂转转，问问耶稣，我还有没有机会。"

　　苏茶问："要是他说，没机会呢？"

那头长久沉默。

苏茶以为他已经进了教堂，正要说再见，就听见他虔诚又笃定的声音。

"那我就继续问，问到他说有机会为止。"

在医院住了两周，苏茶嚷着身上都是消毒水的味道，要回家洗澡。陆予森不准，她便装头疼，明知道是假的，却还是灵验。

回家那天是晴天，阳光很暖，苏茶坐在出租车上，把手伸出去："医生都说没事了，别这么紧张。"她用触碰过阳光的手去揉他的眉心，好不容易能重见天日，他怎么就不知道为她高兴呢？

陆予森瞪了她一眼，手在屏幕上滑得飞快，一条新闻都没看清楚。被她闹了一会儿，他干脆抬手抓住她不安分的手，扣紧。

回到家，陆予森将她安置在沙发上，嘱咐她等着，自己转身进浴室调水温。苏茶哪里闲得住，跟着就钻过去，扒在浴室门口看他。

水汽腾起来，他站在里面，整个人严肃又认真，像在做很重要的事。

苏茶忍不住笑："我又不是缺胳膊少腿，你怎么事事都……"

话没说完，对方投来一个冷森森的眼神。

"你缺个试试。"

他的怒气明显又直接。

苏茶脱掉拖鞋，光脚踩进去抱住他："别怕，我这不是没事吗？我保证以后三餐按时吃，按时睡，让你当大熊猫一样照顾。"

生气的人这才笑了。

"嗯，自己好好记着。"

洗澡洗到一半，苏茶想到一个大问题：刚才只顾着去安慰他，忘了带换洗的衣服了！

她试着挠挠门。

外面映出个高大的人影，手里还提着个衣篮，人影敲敲门，示意衣服放在门外。

苏茶愣了几秒，他从什么时候等在外面的？回过神来她又笑，打开一条缝飞快地将衣服拿进来，觉得有一个聪明又懂事的男朋友真好。

陆予森，以后有你在，我都不用带脑子了呢。

之后就是吃饭、散步、坐在一起聊天，两个人过着老夫老妻一样的生活，没有一丁点的羞涩和不自在。

苏茶觉得还是出院好，她还是喜欢这些植物的香气。

她自觉地拿着桌上的喷壶，给几株花草浇了水："陆予森，你以后也教教我吧，我没事就在家里帮你照顾它们。"

她说着，一瞬间有了种他们在共同照顾孩子的感觉。

陆予森也勾着唇意味深长地笑："好，我改天给你列几张表，你不要嫌难背。"

"啊？得有多难背？"她才说不想用脑子的。

陆予森长臂一捞，将她稳稳地捞进怀中："不想背也可以。"

苏茶仰着头，认真地听。

他说："那就用一辈子，慢慢学。"

不到十点，陆予森被苏茶推回房间睡觉，他在医院守了她两周，两周都没怎么睡觉。

他确实有些困，没多久就睡着了。

苏茶在门外转了几圈，寻思着时间差不多了，才悄悄地拧开门，钻进去，借着窗帘缝隙透进来的丁点光亮，蹑手蹑脚地摸到陆予森床边。

期间不知道撞到了什么，发出了细微的响声，她吓了一跳，所幸陆予森没醒，只是翻了个身。

苏茶趴在床边，在微弱的光线里看他。

他好像又瘦了一圈，睡着的时候呼吸很轻，守了她两周，他才像是患了场大病。

辛苦了。

苏茶在心里轻轻地说。

她抬手想要碰碰他的头发，伸到一半却又缩回来，怕惊醒了他。

陆予森闭着眼睛，不用看也知道她的表情，严肃、紧绷，好像欠了他好多的钱。

他在她开门的时候就醒了，他向来睡眠浅，她住院的时候更严重，担心他要是睡着，身边的人就会不见。

那种患得患失的感觉，他平生第一次尝到。

他不愿意打破此刻的宁静，但最终还是心软，怕她蹲久了腿麻，缓缓地睁开眼，对上那双再熟悉不过的眼睛。

"又想做什么？"无可奈何，满满柔情。

他伸出手，在黑暗里准确地抓住她的手。

苏茶笑，自觉地爬上床去，跟他躺进一个被窝："想跟你待在一起。"

很想很想，跟你待在一起。

3.

在学校被人拉住，苏茶并不意外。

自从出了上一次的事后，陆予森再不敢把苏茶一个人放在家里，去实验室的时候带着她，去花店也带着她，现在他常去的地方，人人都认得她。

拉住她的小姑娘好奇又羡慕："听说你跟学长在一起了，你是怎么追到他的啊？"

谁都知道，是苏茶先追陆予森。

苏茶也不扭捏，想起那时候做出的傻事，还忍不住发笑："死缠烂打，他被我感动了。"

小姑娘不信："骗人，以前也有学姐那样缠他，都被他赶走了。"

啊，这样啊——

苏茶说："那可能是他瞎吧。"

她坐在花坛上等陆予森，两条腿随意地晃，一手搭在瓷砖上，一手伸长着张开，点点光斑落在上面。看见两个穿着姐妹装的女生，她收回手，熟练地抬起挂在脖子上的相机，端正姿势，聚焦调光。

身后的人无声无息地靠近，在她放下镜头的时候将下巴搁在她的头顶。

"久等了。"

他原本二十分钟之前就该回来，路上接到桑青青的电话，说要跟他谈一谈，一来一去，花了二十分钟。

苏茶放心地往后倒，仰着头笑："不久，晒晒太阳挺好的……爷爷还要在教授家住着吗？"

陆予森将手覆在她眼皮上，避免落下来的阳光晃到她："嗯，老师也说两个人住在一起要热闹些。"其实原话是，爷爷过去住，他跟苏茶才能有更多单独相处的时间。

陆予森带着苏茶去花店，先前勒令让她休息了一个月，她早就心痒了。

一进花店，员工们就围在她身边嘘寒问暖，俨然在关心自家老板娘，苏茶性子慢，不太习惯这样的问候，应了几句就钻出人堆，跑到陆予森身边躲着。

陆予森不比裴隐舟，看起来倨傲又清高，大家都不敢凑近，只调笑着他们整天秀恩爱，虐哭了他们这些单身狗。

上楼的时候，陆予森看见旁边有个方形的白色瓷盆，稍微一顿，松开她的手倒回去转了一圈，回来的时候手上已经多了一小把花。

苏茶一枝枝地认："迷迭香……百里香……薰衣草……薄荷，还有尤加利叶。"

陆予森一声不吭，将它们一一摆在木色的台子上，用花剪仔细地修剪好后插进瓷盆。

"早安。"完成之后，他将花递到她手上，"七夕礼物。"

他想起当晚她眼里一闪而过的遗憾。

一直很期待，最后却只能在医院里过，两个人窝在病床上看一部年代久远的电影，画质音频都达不到她的要求。

她说那是她一直想看的，是情怀，说话的时候却有些怄气，趴在他膝盖上，像半瘪的气球。

他想，他需要补给她一个七夕，和一份礼物。

后来苏茶问他，为什么取名叫"早安"？

他没有回答，只笑着揉她的脸，因为胖了点，揉起来像团子。

而他心里的那些话，无声地潜进她心上，听不见，却能感受到。

——想每天跟你说早安。

——想让你知道，不止睡觉会想你，醒来睁眼也想你。

苏茶抱着花，像在抱传了几千年的宝藏，珍重万分，在员工们羡慕的目光中，被陆予森牵着上楼。二楼是新装修的主题咖啡厅，三楼才是办公室。

游廊上铺了木地板，上面有大大小小的光晕，排列随意，像印在地面的行星，踩上去，发出轻微的碎响，中段有根树干，从楼下稳稳地生长上来，已经有几百年树龄。

空气里有些微的水汽，很凉快。

"我怎么觉得，裴大少爷打算把花店丢给你？"

"那你想做老板娘吗？"他一本正经地问，抬手按住她的脑袋。

苏茶认真琢磨，老板管花店，老板娘管老板，听起来很不错。脑海里渐渐有了画面，两个人穿着围裙，阳光下一起剪枝插花，他偏头，轻柔地将她的短发别在耳后……她想着就笑了，刚要开口答，突然一个白影蹿出来，朝着她的方向冲过来。

"喵——"沙弗莱石一样的眼睛瞅着她，像在嫌弃。

　　苏茶吓了一跳，连人带花地钻进陆予森怀里，下一秒却觉得有团毛茸茸的东西在蹭她的腿，她低头一看，自觉地退了半步。

　　白猫得意扬扬，慵懒地眯着眼睛，在他脚边蜷成一团，宣示自己的正宫之位。

　　苏茶嘴角一抽——竟然被只猫当作情敌。

　　"是经常过来的野猫，叫滚滚，以前都是裴隐舟在喂。"陆予森蹲着，手掌轻轻地抚摸着它柔软的毛，"过来试试。"

　　苏茶不乐意地移过去，在他旁边蹲下："所以你喂了几次就黏上你了吗？"

　　她没敢伸出手，以前被猫抓过，她喜欢猫，但是猫好像不太喜欢她。都说猫是有灵性的动物，也不知道是看出了什么。

　　苏茶光是想想，都觉得背后瘆得慌。

　　郁闷地埋着头，苏茶的语气里竟然有几分不太分明的挫败和委屈。

　　陆予森瞧着小姑娘，很喜欢她脸上的表情，伸出手握住她的手指："没事，试试。"

　　他手上传来温柔和力量，叫她整颗心越发软了。

　　一碰即止。

　　滚滚抬起爪子，看着陆予森的面子，才没有挥过去，舔了舔，重新放下去。

"果然，不喜欢我。"

"没关系……我喜欢。"

进了办公室，滚滚趴在桌子上晒太阳，苏茶不服输，端着椅子也坐在一边。

拉开窗帘，陆予森打开电脑，旋转屏幕，立在苏茶面前，他蹲在旁边，一米八五的身高刚好能跟她平视。

"这是下次的广告方案，策划还是你来，有没有推荐的人？"陆予森指着屏幕上的文档。

空气中有草木香，被阳光晒得发烫。

苏茶看了一会儿，撑着脑袋说："于桃怎么样？小甜椒，看起来辣，内里很温和。"

她的眼光一向准确，陆予森没有任何意见，让她可以开始准备。

他又问："需要多长时间？"

"应该不久，初步策划最多一周。"

"慢慢写，不急。"

"哦……"

"晚上不准想。"

他是大王，苏茶不敢反对。

"遵命。"

苏茶趴在桌子上，乐此不疲地用手指去碰她的宝贝花，阳光笼在她身上，是最原始的被子。她渐渐眯上眼睛，梦见滚滚化成人形，抢走了陆予森。

醒来之后她伸了个懒腰，手被人抓住，对方轻笑："睡醒了？"

她头往后仰，故意装作委屈兮兮的样子，说："我做了个梦，梦见你被滚滚那只猫妖拐走了。"

陆予森失笑："哪这么好拐？"

手指落在她头顶，捡起一根白毛。

苏茶瞅了一会儿，松了口气："吓死我，还以为长了白头发。"

日子稀松平常，恍惚真有种过了很久的错觉。

她掏出手机给于桃打电话，号码是晏亓给的："最近忙吗？有个活，你接吗？"她一点也不正式，像在跟熟悉的小妹妹说话。

于桃听她说完，想了几秒，应下了。

结束通话之前，苏茶问："你跟小亓如何了？"

那头于桃哼了一声："热恋中，你说呢？"

苏茶很满意，一个话少腼腆，一个骄傲张扬，说不定很互补。

于桃挂了电话，掐了片绿萝的叶子，撕成一条条的，摆在桌上，看了一眼，又觉得烦躁，打开垃圾桶，一把拂进去。

说什么热恋中，其实别人根本不看她。

她就这么差劲？陆予森看不上，他怎么也看不上？

不就是个玩乐队的小鬼吗……

于桃抱着手臂想了一会儿，拿起自己的外套，一边往外走一边给助理打电话："我出去一趟，没事别找我，刚接了 Try To Love 的广告，记得排好时间……就这样，拜。"

4.

陆予森心血来潮，抽查苏茶的功课。

"银杏。"他洗了一把绿豆扔进电饭煲里，去客厅摘了几片新鲜薄荷叶，用水冲洗后放入糖再加水煮。

苏茶靠在台子上，歪着脑袋背："银杏科、银杏属落叶乔木，有活化石之称，第四纪冰川运动后遗留下来的被子植物中最古老的植物，变种及品种有：黄叶银杏、塔状银杏……"

水沸，陆予森揭开锅，舀了一小碗冷水兑进去，又就着小碗，将薄荷糖水盛起来放进冰箱冷藏。

人靠在冰箱上，听她一字不漏地背完，又问："落叶形成原因。"

"短日照引起，内部生长素减少，脱落酸增加，产生离层。"

两个人一问一答，玩了一阵，他走过去捏她的脸："答得不错。"

"有没有奖赏？"苏茶仰着脸，笑得像朵太阳花。

陆予森挑眉，问："什么奖赏？"

"自由权。"

贝贝说陆予森最近有一个很重要的研讨会要参加，对他而言虽然不是难事，但一心几用还是太费心力。

"你专心准备，好好休息，我去看着花店。"

有了陆予森的准许，苏茶开始生龙活虎地往花店跑。

员工们都照顾她，把她当个新人，还嚷着问她要不要学插花。苏茶摆摆头，现在的生活跟她以前设想的不一样，好像太好了，有点发蒙。

桑青青不知怎么找到她，两个人约在二楼的咖啡厅，上上下下的员工都觉着气氛不对。没过多久，她送桑青青下来。

相对坐了四十分钟，不及离别时的话多。

桑青青说："之前我觉得你跟小陆不合适，两个人性子都太淡，生活会跟死水一样。现在想想，是我多虑了，两个人生活，合不合适要你们自己感受。

"既然你们都觉得对方好，我也不多说什么，小茶，我希望你过得好，如果是我让你不能好好往前走，不用顾及我。"

她脸上还是没什么表情，不知道是突然兴起，还是真的考虑过后才说的。

最后她看了苏茶一眼，不再说什么，背过身走了。

苏茶站在原地，没有动，也没有任何回应。

对她而言，母亲是情感的牢笼，困着她，但她又狠不下心挣脱。

快下班的时候，陆予森打电话给她，说晚上在家吃火锅，贝贝会带上两位老爷子。

苏茶应下，转头就跟一个女生说："今晚早半小时下班。"

她做不成老板，好在这里不像是一家店，更像是一个相亲相爱的家。

陆予森当初选择合作，就是看中了这一点吧。

他是个认定了就不会变的人，直到现在跟裴隐舟还是想法不合，但总的来说，他在学着接纳这些不同。

等到下班，苏茶打了个车回去，隔得远远的，看见一个女人从家里出来。

那个女人她见过，在陆爷爷的寿宴上。

苏茶让师傅靠边停下，目光落在女人对面的陆予森身上。

"姑娘，你男朋友吗？"师傅循着她的目光看过去，还以为她遇见了男友劈腿的惨剧，"你也别生气，男人嘛，有些莺莺燕燕也不是不能原谅，你好好跟他说……"

苏茶勾着唇笑："没什么好原谅的。"

师傅瞅了她一眼，说："别冲动，说不定……"

"师傅。"苏茶背过身，不再看，"我的意思是，他不是你想的那样，没什么需要我原谅的。"

"啊？"

苏茶难得地做出解释："那是他爸爸看上的女生，我在这里下车，只是给他时间去处理，并没有误会他。"

她还是落入俗套，自己不误会他，也不愿意别人误会他。

贝贝站在转角，一手拽住一个老人，感动得泪眼汪汪，好像那些话里的主角是他。

师兄多幸运啊，第一次就遇对了人，还是个这么懂他的人。

韩远信抬手就去拍他的脑袋："傻小子，哭什么哭！"

贝贝抬手抹了一把。

"我这不是高兴吗？以后终于不用担心师兄娶不到老婆了——"

苏茶不知道，她的那些话一五一十地被三个人听去，以至于饭桌上面对他们夹的满满一碗的菜，有点傻眼。

陆予森也满意，将筷子上的肉片放上去，完成了金字塔的封顶工作。

"多吃点。"

苏茶想拒绝，无奈面对大家的热情无法开口，吞咽下肚的时候，她觉得她这些年遗失的某些东西正在以一种她没想过的方式，重新涌向她。

饭后的散步队伍成了五个人，两人为一队，另外三人为二队。

二队跟着一队的脚步走，隔着距离，讨论两人的最萌身高差，以及紧紧相依的影子。

一队跟着月光走，夜风吹在脸上，带来了一片早早黄了的银杏叶。

陆予森抬手稳稳捏住叶柄。

"今年第一片黄了的银杏叶，回去给你做书签。"

5.

裴隐舟回来的时候，陆予森正在外省参加研讨会。

原本苏茶是要跟着去的，出发之前却遇上花店被黑的事情，加上跟于桃那边的对接的拍摄时间有调整，她脱不开身。

陆予森临走之前再次叮嘱，叫她不要熬夜伤身体，她信誓旦旦地应了，他还是不放心，走过去抱住她："总觉得……落下了什么行李。"

苏茶笑，抬眼瞅见趴在玻璃上，笑得嘴都快歪了的祖孙二人。

"第一次发现你比我还黏人。"她故意在他耳边嘲笑他，然后将他推上车，自己在台阶上挥手，"距离产生美，你会更喜欢我的。"

陆予森坐进车里，目光还看着她，人来人往中，她是唯一的颜色。

他勾一勾嘴角，回她："距离产生的不是美，是小三。"

苏茶惜败。

嘴角还在笑，心里已经把所谓的小三卸了八十块。

车上的人重新走下来，隐约还叹了一声。

"所以……不要出墙。"

陆予森弯下腰，用眼神锁定她，笑如三月暖阳，温柔了还未散去的寂寂寒冬。

"记得想我。"

想完还得忙工作。

苏茶坐在办公桌前，盯着电脑上的几个帖子。其实事情的起因很简单，就是一个顾客网购了一束花，收到之后不满意，觉得花不值这个价，便在网络上大肆开骂。

之后便有一群黑子蹿出来，说花店营销模式有漏洞，用客户的情感故事当噱头带动奢侈消费，建议如果要放大情感，不如用故事来卖花，还有说到手的花束跟微博宣传上的花束截然不同，有欺骗消费者的嫌疑，等等谣言在网络上甚嚣尘上。

苏茶明白，这不过是几个客户跟同行合作下的刻意抹黑，难办的是它正好勾起了大众对高端消费和情感营销的质疑和争议。

"你怎么想？"苏茶搓了搓脖子，许久没有一直盯电脑，容易疲倦，颈椎也比往常容易痛。

她对面的裴隐舟抬了下眼皮，一边给陆予森发短信，一边心不在焉地把玩手里的钢笔："树大招风而已……这些事交给公关部去发愁，你就别管了，要是瘦了，他得找我拼命。"

苏茶用眼睛剜他："不会，他没那么暴力。"

"那是你没看见他暴力的时候！"裴隐舟笑，没打算告诉她，"你就不好奇，我在国外的时候做了些什么？"

这就忍不住了？

苏茶暗笑，晃了晃脑袋："不是很好奇。"

其实他们发生了什么，她都知道，是晏南告诉她的。

他在下飞机之后就通过晏亓知道了晏南下榻的酒店，并高价订了隔壁的房间，之后又收买了她的朋友，在每个她要去的地方等着她，故作巧遇。

一起参加了天空塔的蹦极、从15000英尺的地方跳伞、去探索蒂阿瑙湖的萤火虫洞穴、徒步游览福克斯和弗朗兹约瑟夫两座冰川、在一片白茫的九十四号公路看日出……

她一直想做却没能做的事，他陪她做了；她一直想去却没人同行的地方，他陪她走了。

她说，她其实是想借这次旅行整理一下自己的思绪。

她说，接受不难，难的是接受之后不得不面对的差距和反对。

她说，她羡慕他们有牵手的勇气，而她没有。

……

她说了很多，都不抵她最后那句，让苏茶记忆深刻。

她说："更让我难过的是我发现，这趟旅行之后，我已经忘不掉他了。"

两个人的倾诉并没有太大的差别，只是在裴隐舟的话中，苏茶能够感受到他的心态已经比以前好多了。

事后她问："你还等吗？"

裴隐舟如兄长一样揉了一把她的头发："顺其自然。"

于桃来拍摄的那天，穿了条粉色的荷叶边短裙，露出半边肩膀，整个人水灵灵的，像是被桃花酿泡过。

虽然花店的形象遭到了损害，她还是说服公司，继续跟花店合作，整个过程中认真又积极，拍摄顺利得连她自己都有些惊讶。

苏茶走到她身边，拍了拍她的肩膀，笑："果然跟她说的一样，是根不发光的好苗子。"她话里有几层意思，于桃没太听得懂。

她只注意到了话中的那个"她"，知道指的是谁。

离开的时候，于桃故意走到闲下来帮忙运营官博的晏亓身边："要不要一起去吃饭？"

晏亓头也不抬，埋首在电脑里："不去。"

于桃皱眉，会这么直白拒绝她的人不多，晏亓算一个。

还是最特别的一个。

她也是花了好长时间，才发现她的目光不由自主就落在他身上，想要移，已经移不开。

"不去也得去。"

手指一动，关上了他的电脑，于桃毫不费力地将电脑夺过来交到了助理手中，手往他的手臂上一挽："不是谁都能拒绝本小姐的。"

苏茶笑了一下，像个大家长，看一切都趋于平静，她涌起了要去找陆予森的心。

上车的时候，她苦笑了一下。

到底是她离不开。

6.

到白头镇的那天中午，下了场雨。

苏茶穿着件单薄的短袖，站在雨里瑟瑟发抖。来的时候是一时兴起，没有通知陆予森，自然也没人来接。

她问了很久，才问到去他所在酒店的车。跟着一堆当地人上了车，她才发现自己身上已经没有零钱。

后面的人推了她一下，帮她付了钱。

"看你的样子，外地的吧，冷吧？不嫌弃的话穿这件吧，这是我给我大孙子买的衣服，新的。"老妇人说着方言，怕她听不懂，索性将衣服塞进了她手里，笑得满脸皱褶，"这里入秋的时候多雨，下次来的时候记得要带上外套。"

苏茶抱着衣服，不想驳了老人的好意，索性穿上了，衣服很大，罩住了她大半身体，只露一截白皙的小腿。

老妇人很友好地招呼她去身边坐，一路上跟她说话，她认真听着，不时回上一两句，老妇人也不嫌她听不懂，眯着眼笑，露出两排不算整齐的泛黄的牙。

因为都坐到终点站，下车之后苏茶停了一下，老妇人下车之后问她要去哪里。

老妇人手里攥着几张一块的纸币，她往苏茶手里一塞，指了指反方向："小姑娘出门，身上要带点零钱，打电话坐车什么的也方便……"

苏茶握着把在车站买来的雨伞，想了想，递给老妇人。

抵达酒店的时候正好有浩浩荡荡的人出来，瞧着外面下雨，有几个人返回去拿伞，剩下的人就站在门槛下等。

苏茶一眼就看见了陆予森，几乎同一时间，对方也看向了她。

喜欢一个人，像在他身上安了 GPS，不仅眼睛能看见他，呼吸也能感受到他，人群再熙攘，也能一秒锁定他。

然后，背景虚化，只有他，于天地间站立，自带霞光。

陆予森皱着眉，快步过来拉着她往回走。

苏茶默默地跟着他，心里已经在准备回答他的问题：因为想你过来了，怕你在忙没时间接电话，买了伞但是刚送给热心肠的老婆婆了……她预想了他可能会问的所有问题，手心暖洋洋的，像被塞了暖宝宝。

却听见头顶的声音不冷不热，问："穿的哪个男人的衣服？"

耳边循环着那句"不要出墙"。

苏茶忍不住笑出声来，任由他用西装外套擦她的湿发："车上遇见个热心的老婆婆，给她孙子买的，看我冷所以给我了。"

眼睛仔细瞟了一眼，陆予森还是沉着脸："怕是看上了你，想让你去给她做孙媳妇。"

苏茶仰起头，吧唧一口亲上去。

"我跟她说了，我是来见男朋友的。"

她声音不小，又张扬，身边的人都听见了。

韩教授第一个笑。

紧跟着，大家也都笑了。

这个小姑娘，迫不及待地在宣誓主权了。

只有陆予森，一眨不眨地看着她，她的头发湿透了，身上也都是水，她管也不管，露着笑，像是刚晒过太阳。

仓促又狼狈，都是为了来见他。

顾不上周围都是长辈，陆予森倾身捧了她的脸，吻住她嘴角的阳光，一点一点，掌控她的呼吸。

——傻姑娘。

研讨会过后，陆予森带着苏茶，留在了白头镇。

韩教授第一个支持，嘴里还嚷着："留下来好，留下来好，留下来一起到白头。"

同行的一个中年大叔笑出了声，说他家就在附近山上，天晴的晚上可以看星星，邀请他们过去住。他们也没推，当天下午就跟中年大叔上了山。

山上的房子都简陋，是用砖头和石头砌的平房，外面有个不大不小的院子，大叔的孩子们在院子里骑三轮的小车。

中年大叔从自家菜园子里摘了菜，说要给他们准备一顿丰盛的大餐，还让大女儿去捉了鸭子，看起来是想给他们加点荤。

苏茶拦下来，说她是素食主义者，旁边陆予森摸着她的脑袋，煞有其事地笑。

大叔又返回园子里摘了些菜，回来的时候看见两个人正蹲在不算大的老锡盆旁，跟几个小家伙一起择菜，择了两下，她狡黠地笑，抬手将手上的汁液抹在他脸上。

大叔笑叹："热恋中的年轻人啊……"

晚饭确实丰盛，满满一大桌子的农家菜，其中还有几条小鱼炖的汤。

吃到一半，有乡里人打着灯笼来找："老林，你去看看，隔壁的三婶因为家里的那棵红豆杉，跟林业局的人闹起来了。"

林叔抓起衣服急匆匆地跟人走了，苏茶和陆予森对视一眼，也放下筷子跟了过去。

这里叫毛栗坡，因为长了满坡毛栗树而得名，住户不多，大都是舍不得根的老人，同住了半个世纪，闲来没事就散着步满山坡地找过去跟人聊天。

林叔家和隔壁三婶家，差不多也隔了半个山坡。

一路踩着杂草和残枝过去，陆予森沉着眸子，将她搂在怀中，不时地抬手拂开那些可能会划到她的长枝。

林叔说："那棵红豆杉是三婶儿子带回来的，说来也可怜，三婶年纪大了，儿子孙子却都在外面出了事，回不来了。三婶受了刺激，别的事都记得清清楚楚，只有这事……她总是念叨，红豆杉长好了，儿子和孙子就会回来了。"

苏茶看完了陆予森给她的资料，其中就有红豆杉，它是国家一级保护植物，理论上是不允许私自种植的。

她默了默，问："坡上的人都知道吗？"

"知道，大家都同情她，也没人去跟林业局的人说过。"林叔叹了声，想起件事，"不过前两天有个四十多岁的男人来过，当时还在三婶那儿住下了，据说跟三婶吵了一架，当晚就离开了……这事，我看多半是他。"

耳边听见争吵声。

苏茶循着声音看过去，三婶被几个穿着制服的男人围着，又哭又闹，隐约看见老人的侧脸，有点熟悉。

她又走近了些，看清老人的长相，伸手拽住陆予森的衣摆："她就是送我衣服的那个老婆婆。"

陆予森的目光也变得有些复杂，上前几步，跟林业局的人打了个招呼。

他这段时间都在开会，照片也在林业局传了几道，大家也认识他："陆先生，我们也不是想找三婶的麻烦，只是这红豆杉是从山里盗挖过来的……"

陆予森走到老人面前，蹲下身来安抚好老人，才开口问："婆婆，您知道这棵红豆杉是哪里来的吗？"

三婶坐在地上，盯着旁边不到两人高的红豆杉："我儿子说是山上挖的。"

"当时只挖了这一棵吗？"

"有三棵，就这一棵长好了，前两天有个人要跟我买，我没卖。"

一番询问下来，苏茶也知道怎么回事了，再加上林叔说，三婶的儿子是做运输的，没什么钱，也帮人挖一些树，赚点养家钱。

而那些养家钱，在他们爷俩死后，由林叔代着捐出去，用以开展植树造林项目了。

苏茶趁着陆予森跟林业局的人交谈的时候，走到三婶身边，笑着问她："婆婆，您还记得我吗？您送我的衣服我洗过了，改天给您带来。"

她还指着陆予森说："那是我男朋友，他知道您帮过我，他也会好好帮您的。"

婆婆看了看她，又看了看陆予森，苍老的眼睛里盈满了泪。

后来苏、陆二人和林叔凑了点赔偿费，又跟林业局的人商量，说红豆杉再生能力差，移植过程中无可避免地会出现意外，不如就让它长在三婶家院子里。三婶也退了步，说会好好养着这棵红豆杉，等她过两年走了，他们再把这房子推了，让红豆杉在这块地一直长着。

三婶拍着苏茶的手，一个劲地说谢谢。

苏茶也笑，她什么都没做，充其量……只算得上是回报吧。

回林叔家的路上，林叔说，红豆杉除了高雅和相思之外，还有另一个说法——报恩。

传说，红豆杉世世代代都在等待它们的恩人。

7.

在毛栗坡的第二个晚上，苏茶如愿看见了美丽的星空。

她躺在陆予森的臂弯里，身下是他命运多舛的西装外套，她瞅了一眼，扭头看着他，小声地笑："好像不比新西兰的差……"

美景、佳人，是不差。

陆予森捏了颗葡萄给她："身上的疙瘩还痒吗？"

上山之前他专门带她去买了外套和长裤，说山上蚊子毒，还带了一大堆喷雾、膏药之类的东西，她笑他考虑太充分，说不定用不上，结果头天晚上就遭到了蚊子的光顾。

苏茶扭了扭，说："不痒。"

陆予森坐起身，从包里摸出紫草膏，在昏暗的煤油灯光里，拉开她的衣袖和裤腿，用手蘸了点药，细细地擦上去。

"什么时候才能改改这逞强的毛病？"

涂着药膏的手指温温热热，药膏又有点凉，苏茶觉得更痒了，忍不住去拽他的衣服，想让他不涂了。

动了几下，手被人抓住。

回过头看到那个人脸上带着危险的笑，不等她回过神，已经压到她身上，一手撑着地，一手放在被她扯开的衣领上，像在琢磨该扣上，还是该继续解开。

"怎么这么不老实？"

你才不老实！

苏茶心里默默地回了句，脸上在笑，耳朵却没出息地红了："你挡着我了——"

身上的人在笑，那只手已经落下来，抚上她的耳朵。

"苏茶。"

"天为被、地为床、良辰美景、佳人在旁，你不觉得……该做点什么？"

"咕——"

某人没出息地咽了下口水，扭开头，继续推人。

"都说了，你挡住我了——"

陆予森轻笑了一声，重新坐回去："想什么呢？我只是想跟你讲个故事。"

啊？

苏茶脸更红了："什么故事？"

"爷爷和奶奶的故事。"陆予森将她拉回自己怀中，"我的奶奶，是个很热衷于外面世界的女人，年轻的时候胆很大，攀岩、吊索，什么事情都敢一个人去做。"

"但爷爷是个只知道研究植物的书呆子。"

苏茶听着，觉得这故事的展开方式，有点熟悉。

"他们第一次遇见，是在一个叫枫香岭的地方，奶奶跟队去山谷探险的时候迷了路，在山里遇见了正在考察的爷爷。"

陆予森偏头看她，刚才还躁动不已的心已经渐渐平静下来。

他抬手理了理她的头发。

"奶奶站在原地等到爷爷工作完，才走过去要问路，路没问到，先被爷爷念叨了一顿。"

苏茶问："为什么？"

"当时奶奶的小白果蹿到爷爷身上，撞掉了爷爷的平光眼镜，还吓了他一跳，害他把手里的土壤样本甩了出去。"

"吼完之后爷爷才发现奶奶在笑，而她的小白果嘴里叼着那份被塑料框保存起来的样本。"

那时也是阳光正好。

爷爷说，他当时就觉得，她是他的姑娘。

陆予森的叙述没什么起伏，却还是让苏茶忍不住笑了出来，脑海中像是有画面，不由自主地代入了他们两个人。

"后来奶奶就拉着爷爷去那儿定居了。"

标准的童话式结尾，王子和公主住进了城堡，从此过上了幸福快乐的日子。

苏茶这时才想起来问："小白果是什么？"

陆予森笑了笑："蜥蜴。"

真可惜啊，没有看见小白果，也没有看见奶奶。

苏茶眨眨眼，头顶有颗星星似乎也眨了眨眼，像发现了新大陆，她指着那颗星星，对陆予森说："你看，它在跟我眨眼睛，像在打招呼。"

人死了会化成天上的星星守护重要的人，都是假的吧。

但就算是假的，还是让人觉得温暖啊。

头顶有星空，耳边有虫鸣。

山林寂寂，风声也清晰。

一切美好得像梦。

陆予森突然伸手，遮住了她眼前的星空："不是每一次，都能看到这样美的星空。"他怕她后来才发现，和他在一起，并不是那么美好的事。

"也会遇到盗伐者、盗猎者，会有比三婶的事更惨更无奈的事，还会遭遇山洪或更严重的自然灾难……"

话还没说完，旁边的人已经翻了个身，抱住他精瘦却有力的腰："你放心，陆予森，我不会抛弃你的。"

她的耳朵贴在他心脏的地方，听见它的跳动。

怦怦——怦怦——

平稳地，踩着自己的节奏。

她听着听着，掉了一滴眼泪。

"只要这里还有我的痕迹，无论何时何地，我都会一直在这里，陪着你。"

陆予森失笑，抬手轻轻地抹掉她的眼泪："哭什么？"

他又不是说要离开她，不过是给她打打预防针。

果然啊，还是个小姑娘。

小姑娘窝在他怀中哼了哼，哽咽里藏着笑意："……被我自己感动了。"

多庆幸，人潮汹涌，偏偏遇见你。

多感激，尘世纷扰，你还在这里。

牵我的手，陪我走过风雨。

番外一 ▼
比夏天更温暖的事

从白头镇回来，他们请家人和朋友吃了饭。

他们摆出两个人的结婚证，照片里两个人靠在一起，笑意清浅。

贝贝喝多了，不太高兴："师兄，你结婚也不告诉我们一声，怎么就自己偷偷摸摸结了？太不够意思了！"

他们自己也没想到。

只是回来时经过民政局，苏茶突然抓住他的手，一本正经地说："陆予森，娶我吧。"她声音有点急，有点亮，车里的人都听见了。

他没想过，是在这样的环境，是她先开口，惊讶了几秒之后，他将她抱紧。

"好，我娶你。跟你过一辈子。"

他们一直没有办婚礼，谁催促都没用。

晏南问："你们是在等什么时机，还是故意虐我们这些人？"

她是特地回来参加拍摄的，在国外听晏亓不小心透露了花店的事情，她当即决定回来，参与花店的拍摄，拍摄策划据说还是裴隐舟亲自做的。

他这个甩手掌柜，只有遇上她，才会格外认真。

苏茶笑了笑，意味深长："当然……是为了虐你们。"

十二月的最后一天，陆予森一早便带苏茶去了陆家，隔得远远的，她觉得那座房子像个巨大又孤寂的监狱。

陆予森牵着她进了院子，天气冷，灰枝微微地颤，抖落了最后一片残存的枯叶，满园的花都谢了，只剩下松树依旧挺拔。

将自己的围巾也围在了她脖子上，陆予森用钥匙开了门，看见独自坐在餐桌前的陆柏原。

"爸。"陆予森跟他打招呼，苏茶也跟着叫了声"爸"。

办证的时候他们谁也没通知，陆柏原还是从上次带去寿宴上的姑娘口中得知的。

见他们一起回来，还手牵着手，陆柏原叹了一声，招呼他们去坐。陆予森带着她过去，安顿好她之后便转身进了厨房，开始做饭。

平常都有下人做，只有这一天，陆柏原会遣散所有人，一个人待在家。

这么多年，始终未变。

爷爷说，他是在赎罪。

一家人坐在一起吃了顿饭，陆予森没有多留，陆柏原也没想留。

这一天，是他留给过世的妻子、陆予森的妈妈的。

只有这天。

陆予森停下来，跟陆柏原说了几句话，苏茶没听见，只看见陆柏原的手指颤了颤。

出了门，陆予森带着苏茶去了桑青青那儿，苏茶拒绝了很久，无奈还是拧不过他。

因为是这一年的最后一天，桑青青一家都在，顾教授、桑青青，还有顾淮桑。

开门的时候，顾淮桑还很不高兴，觉得她打扰了他们一家的和谐。转而看见陆予森，她怔了两秒，表情有点僵，侧着身子让他们进来。

陆予森在她耳边说："她最近在追贝贝，被我遇见过。"

苏茶呵呵笑。

这该死的缘分。

饭桌上，顾教授一直在给苏茶夹菜，俨然把她当成自己的女儿在对待，旁边桑青青和顾淮桑没什么动作，神色都有些奇怪。

顾教授也追问两个人的婚礼："都领证了，也该让家长朋友们去见证一下了，生活是两个人在过，幸福还是可以传递给大家的。"

苏茶抿了抿嘴，随意地"嗯"了一声。

倒是陆予森，用筷子敲了一下她的筷子，示意她好好吃饭："婚礼在明年，希望你们能一起到场。"

顾教授忙不迭地点头："当然，当然。"

吃完了饭，顾教授拉着陆予森去厨房洗碗，顾淮桑觉得尴尬，自己回了房间。

客厅里只剩下桑青青和苏茶。

两个人并排坐着，谁都没有看谁。

好久之后，桑青青才问："你现在……幸福吗？"

虽然已经很久没有好好说话，虽然两个人隔了一道无法愈合的深沟，在桑青青的心里，苏茶却始终是那个让她挂心的女儿。

而桑青青对她最大的担忧，就是她是不是得到了幸福。

苏茶垂着头，眼睛晃啊晃的，就看见了她手上的老茧，那是还小的时候，她一个人忙里忙外照顾父女二人时留下的。

"我很幸福。"

到底还是硬不下心肠，到底还是变得柔软。

明明想着两个人安安静静跨个年，没想到成了家长会。

苏茶有些憋闷，但又发不了火，她知道陆予森是为了她，为了让他们解开彼此心里的结。

他们没有说话，各怀心事地回到家，苏茶独自回了房间，陆予森也没去哄她。

整理心情归整理心情，肚子还是饿。

她往门缝看了一眼，那里还透着光，隐约有个黑影，一动不动。

叹了一口气，她上前拉开房门，打算去厨房做点东西，一开门，看见陆予森靠墙坐着，在那儿看书。

苏茶闷声说："饿了，有吃的吗？"

陆予森合上书站起来，笑了声，轻轻地抱住她："想吃什么，我给你做。"

各种纷杂的情绪，被他一抱，悄悄散了。

苏茶笑弯了嘴角，心里像开了朵小花，遇见阳光，高兴地晃了晃。

拜伦说，我所能想象出的挚爱，寻无觅处，除了你心上。

我也是，陆予森。

我想要的所有，寻无觅处，除了你心上。

番外二 ▾
触不到的恋人

七月的新西兰，是冬天。

刚下过一场暴风雪。

晏南下了飞机，才发觉天气比想象中暖和，阳光灿烂，青草依依，悠闲的鸽子在草坪上散步，像是融了雪的暖春。

她在机场外顺利地找到靠在车旁打电话的发小。发小还跟以前一样，是小姑娘的模样，大眼睛里藏着好奇和元气，说到兴起时会手舞足蹈，笑得像个小傻瓜。

发小说，老公对她很好。

晏南隔着马路看她，知道她说得一点不假。

她羡慕这样的人，被实实在在的幸福包裹着，不像她，永远跟它隔了半根手指的距离，近在咫尺，又遥不可及。

身后的脚步声还在，始终隔着五十米左右的距离，不紧不慢，踩着她踩过的地方。

像影子。

发小已经挂了电话走过来，挽住她手臂的时候，八卦地笑着问她："是多少号追求者？"

她从小就美，追求者排了一路，两个人偷偷给他们排了号，时间长了，数字跟人早已对不上号。

晏南有些沉默，下意识地觉得裴隐舟是个例外，他不会是众多追求者中的一个。

一把抓住发小的手臂，拽着对方上了车，从始至终，晏南没有再看一眼下了飞机就一路跟随的裴隐舟。她知道，一旦回头，有些东西可能就一发不可收拾了。

后视镜里映着那个站在阳光中一动不动的男人。

他身上有寂寂凉意。

发小忍不住问："他是谁？发生什么事了？"

再一次遇见裴隐舟，是在基督城的纸教堂。

发小跟丈夫、孩子每周都会来做祷告，看见他的时候，他独自弯腰站在第一排的祷告桌前，手里握着笔，每个指节都在用力，却久久没能写下一个字。

隔了好久，他默默地放下笔，转身走出去。

发小赶忙上去看了一眼，她知道这是不礼貌的，但她就是想知道，这么用力想要说出的话，到底是什么。

然而纸上一个字也没有。

发小找了一阵，才在教堂旁的一个小树林边看见他，他靠在树上，盯着头顶星空，不知道在想什么。

"你有时间吗？我们聊聊，聊你感兴趣的，南南。"

整个过程里，都是发小在说，他在听，听到她过得好，他眉眼里都是温柔；听到她受的苦，他也皱眉，却始终不发一言。

他在发小的话里，将她的过往走了一遍。

最后发小说："我知道你喜欢她，她也喜欢你，但很多人，不是喜欢就能在一起，如果你不怕输，我可以帮你。"

他不怕输，也不怕最后不能在一起。

怕只怕，他们明明这么靠近，却没能有共同的记忆。

漫漫余生，连点可回溯的美好都没有。

发小看着他坚定的表情，默了默，给了他晏南的酒店地址，还有自己的电话。

裴隐舟当晚就搬进了晏南在基督城住的酒店，高价订了她隔壁的房间，隔着墙壁，听她温声细语地给楚楚讲故事。

隐约还有她倒酒的声音，他不知道她有没有喝醉。

第二天醒来，他睁开眼，听见旁边的她在跟楚楚说"早安"，缓缓扬起嘴角，他也回一句："早安。"

随后的时间，他在每一个她要去的地方等她，隔着距离，陪她走每一条路，玩惊险又浪漫的游戏。

她身边有不同的男人，她跟他们聊天，眼睛里有暗淡的笑意。

阳光照下来的时候，他在背后，拍下两个人靠近的影子，他背着身，用影子拍了拍她的头。

晏南心知肚明，没有回头，没有点破，没有阻止。

他们用沉默，陪伴着彼此。

裴隐舟想，这样就够了。

离开的前一天晚上，晏南突然敲开他的门，像是早有预料他要离开一般，约他去隔壁看了电影。

是一部韩国电影，电影不惊艳，台词却句句戳心。

"我们备受折磨，是因为爱情继续，不是因为爱情消失。"

"爱过而失去总比完全没爱过好。"

"爱来临的方式不同，但殊途同归。"

而他记忆最深刻的是，那句"爱是自讨苦吃"。

他看着旁边同样平静得不像话的晏南，慢慢地弯起了嘴角，侧过身，第一次亲吻了她的额头。

自讨苦吃又怎样？他还是爱啊。

独自一人回国，下飞机的时候，他看到在机场等他的苏茶，她穿着简单的短袖加牛仔，戴着耳机，低头看着手机，嘴角带着笑。

他走过去的时候，只看见一个"嗯"字。

她以前那么冷冷清清的一个人，因为一个字，在人群里笑。

裴隐舟突然有点羡慕。

他想起最后分别时，晏南跟他说："裴隐舟，我们之间，就顺其自然好了。"

电话里裴祎还在说话："你小姨给你约了几个姑娘，什么型的都有，都是些普通家庭的小姑娘，你去看看，有看上的告诉妈妈。"

是啊，人生这么长，顺其自然就好了。

裴隐舟笑："好。"

生活不美好，但也不算差。

我们就等等看，看命运最后到底推我们去了哪里。

如果，到时候还是你，记得回头，回到我怀里。

《他跑进时间的海洋》

海殊 著

都市小甜文 / 男神住隔壁 / 初恋小美好

孤傲珠宝设计师 X 甜美花艺设计师
明明是先撩他，却反被宠上天！

"除了你，我谁都不想要。"

《用我的晴朗 换你的笑意》

猫可可 著

麻辣甜蜜 / 女追男 / 青春都市

痴心花草的植物学家 & 爽直的新闻记者
他从来没见过这样的女人，上一秒主动如火，下一秒就视你如空气。

"听着，说了爱我之后，就不能爱别人了。"

《我无法学会与你告别》

闻人可轻 著

特警部队 / 热血燃情 / 久别重逢的初恋

颜值体力都爆表的特警队长
偏偏栽在将自己抛弃又反追的小公主身上

我守护这万里山河，同样热血忠诚守护你。

让我止不住心动的你！

图书在版编目（CIP）数据

用我的晴朗 换你的笑意 / 猫可可著. -- 南昌 ： 百花
洲文艺出版社，2018.4

ISBN 978-7-5500-2788-6

Ⅰ．①用… Ⅱ．①猫… Ⅲ．①长篇小说－中国－当代
Ⅳ．①I247.5

中国版本图书馆CIP数据核字(2018)第066860号

出 版 者 百花洲文艺出版社
社　　　址 江西省南昌市红谷滩世贸路898号博能中心A座20楼 邮编：330038
电　　　话 0791-86895108（发行热线） 0791-86894790（编辑热线）
网　　　址 http://www.bhzwy.com
E－mail bhzwy0791@163.com

书　　　名 用我的晴朗 换你的笑意
作　　　者 猫可可
出 版 人 姚雪雪
责任编辑 王俊琴　杨　萍
特约编辑 欧雅婷
封面设计 刘　艳
内页设计 米　籽
特约绘制 LIN
经　　　销 全国新华书店
印　　　刷 长沙鸿发印务实业有限公司（长沙黄花工业园三号 邮编410137）
开　　　本 880mm×1230mm 1/32
印　　　张 9.125
字　　　数 175千字
版　　　次 2018年6月第1版
印　　　次 2018年6月第1次印刷
书　　　号 ISBN 978-7-5500-2788-6
定　　　价 35.80元

赣版权登字：05-2018-172